발이 없는 나의 여인은 노래한다

장혜령 시집

문학동네시인선 156 장혜령

발이 없는 나의 여인은 노래한다

시인의 말

이사한 첫 밤이었다.
어둠 속 나는 창밖을 바라보았다.

응답처럼
누군가 먼 곳에서 불을 켰고
문득, 만난 적 없는 그이를
오래전부터 알고 있었다는 생각이 들었다.

만난 적 없지만
같은 시간을 사는 사람, 이미 세상을 떠난 사람,
어쩌면 미래에 있을 사람의 언어를
나는 받아쓰고 있는지도 모른다.

한 번도 느껴본 적 없는 감정을 마주할 때
그 감정은 내가 모르는 그이에게서 온 것인지도 모른다.

시를 쓰며, 알 것 같다.
우리가 투명한 각주로 된 발을 단
마리오네트 인형처럼 서로를 움직이며 걸어가고 있음을.
보이지 않는 그 힘으로 이 세계가 나아가고 있음을.

2021년 제주에서 봄을 지나
장혜령

차례

3부 바라보다, 늙은 숲의 심장

4부 꿈을 꾸다, 아버지를 토하는

5**부** 노래하다, 발이 없는 나의 여인

1부

받아쓰다, 눈의 언어

눈의 손등

내가 스물셋이었을 때, 남자는 서른둘이었다. 발을 심하게 다쳐 더이상 걸을 수 없을지도 모른다 느꼈을 때, 그 사람을 만났다. 남자는 무릎을 다쳐 한쪽 다리를 절고 있었다. 걷지 않는다 해서 고통이 멈추는 것은 아니었다. 그는 하루에 몇 번씩 주사기로 내 발에서 물을 빼내는 일을 도와주었다. 우리는 천천히 걷기 시작했다. 어느 날 눈발이 흩날리는 길 위에서 그는 내게 유키에 대한 이야기를 들려주었다.

그에겐 일본인 아내를 둔 아일랜드인 친구가 있었다. 친구의 여자는 딸을 낳고, 아이에게 유키(雪)라는 이름을 붙여주었다. 아이는 이듬해, 병으로 죽었다.

마치 눈처럼 사라졌어.
그에게, 유키는 Snow와는 다른 단어였다. 그는 Snow를 눈으로, 유키라는 단어를 죽음과 아름다움 사이의 것으로 기억했다.

부부는 유키가 죽은 몇 년 뒤, 아이를 가졌다. 아이는 유키와 같은 딸이었다. 딸이 자라서, 소녀가 되고도 그들은 유키에 대해 말하지 않았다.

소녀는 아빠를 따라 한 달에 한 번은 배를 타고 런던에 갔다. 역사 시간에 가보지 못한 섬나라 일본에 대해 배울 수 있었지만, 자기 몸의 나머지 반을 이루는 그곳이 여전히 궁금했다. 일주일에 한 번 일본어 센터에 가서 히라가나를 읽었다. 일본어 교본 맨 앞에는 글자를 외우기 쉽도록 글자 하나마다, 그 음으로 시작되는 단어와 사진을 넣어둔 페이지들이 있었다.

유키는 유(ゆ)로 시작하는 첫 단어였다. 사진은 눈의 고장이라 하는 니가타 현을 보여주고 있었다. 사진 옆에 붙어 있는 작은 별표시를 따라 뒷장을 펼치면 '아쿠타가와상을 수상한 가와바타 야스나리가 『설국』을 쓴 곳'이라고 적혀 있었다.

*

백 년 전, 눈의 고장으로 가는 기차 안이었다. 한 여자가 병든 애인의 머리칼을 하염없이 쓸어넘겨주었다. 낮고 지극한 시선이 눈과 같았다. 건너편 좌석에 앉아, 차창에 비친 그녀의 얼굴을 바라보는 여행자가 있었다. 남자는 기차에서 내린 뒤에도 눈을 닮은 그 여자를 생각했다. 그는 눈을 닮은 여자를 생각하며 그의 여자를 만났다.

여자의 등은 눈처럼 희었다. 남자는 다다미 바닥에 웅크린 여자의 목덜미를 보았다. 새벽녘에 여자의 등이 붉어진 이유가 부끄러움 때문인지, 추위 때문인지 알지 못했다. 그는 단단하게 뭉친 눈의 따뜻함에 대해 생각했다. 백지(白紙)라는 흰 손의 손등을, 뒤집어도 손등뿐인 흰 꽃잎의 배면을 생각했다.

*

일본 사람들은 생각하다(思う)라는 단어로 사고하는 것과 느끼는 것 양쪽 모두를 표현했다. 그들에게는 이성으로 사물을 탐구하는 일과 가만히 아름다움을 감각하는 일이 다르지 않았다. 그래서 어떤 이들은 가장 사랑하는 것을 불태웠고 가장 좋은 때 스스로 목숨을 끊기도 했다. 유키의 아빠는 일본 문화의 모순과 미의 개념에 관한 책을 썼다고 한다. 책을 쓰던 사월에 유키가 죽었다. 슬픔 속에서도 그의 머릿속에는 서문 마지막에 들어갈 문장 하나가 떠올랐다. 꽃잎처럼 져간 사랑하는 딸을 보내며, 라고만 썼다. 그는, 딸을 보내는 마지막 순간까지 일본 사람의 방식으로 죽음을 '생각'했다.

꿈에서 그는 딸을 보았다. 꿈속의 계절은 겨울이었다. 겨울바람 때문에 딸의 손등이 붉게 달아올라 있었다. 또다른 꿈속에서 그는 꽃잎이라는 글씨가 담긴 술잔을 들고 있었다. 아내도 없이 혼자 술을 마시고 있는데, '꽃잎'이란 글자를 건져낼 때 몸에서 흔들리는 종소리를 들었다.

*

눈의 고장으로 가는 사람들은 어디서나 쉽게 마주칠 수 있다.

명동으로 가는 4호선 전철 안, 엄마가 무릎을 베고 누운 어린 아들의 얼굴을 가만히 들여다본다. 나는 오래전 그것을 본 적이 있다는 생각을 한다. 잠든 아이의 얼굴 위로 투명한 흰빛이 떠올랐다.

백

어젯밤 꿈속에서 있었던 일이다. 나는 시를 읽고 있었는데 그것의 마지막 행에는 '답설무흔(踏雪無痕)'이라 적혀 있었다. '그대는 발자국 없이 눈길을 가는가, 그대는 지워지기 위해 걸어가는가.' 내 문학 선생의 목소리가 들려왔다. 그는 내게 시 안으로 들어가라 했다. 나는 그렇게 했다.

눈이 내리고 있었다. 전나무 가지 위에 새 한 마리가 앉아 있었다. 어디선가 새를 불러들이는 사내의 휘파람소리가 들렸다. 가지에서 후드득 눈이 쏟아졌고 새가 날아올랐다. 시의 첫 연이었다. 나는 뒤를 돌아보았고 선생은 말이 없었다. 나는 머지않아 나 자신이 두번째 연의 첫 행임을 알았다.

한 여자의 곁이었다
여자는 새였다
나의 왼편에 있었다

여자의 날개를 뜯어
어린 새들에게 먹였다

나는 얼굴을 붉히며 나를 읽었다. 새의 흰 날개가 하늘을 채웠고 거대한 수정 하나가 끝없이 끝없이 아래로 떨어지고 있었다. 나는 새를 향해 손을 뻗었다. 나는 소년이었고, 새는 속삭임이었다. 눈이 내리고 있었다. 주위가 항아리 속처럼 어두워져갔다.

낯선 여인의 무릎을 베고 누워 있었다. 여인의 얼굴은 보이지 않았다. 어둠 속에서 은은히 빛을 발하는 꽃 아래 있었다. 그녀는 겹겹의 문(門)에 대해, 입구를 열면 다시 새로운 입구가 열리는 꽃의 내부에 대해 말했다. "새의 날개를 닮은, 고요히 물결치는 백(白)의 입구로 들어가라." 그녀가 말했다. "그것이 너의 내부다. 너의 문장 속으로 들어가라."

그것은 희었고 내 앞에서 슬픔처럼 부드럽게 벌어지며 열렸다. 나는 걸었다. 빛의 계조(階調)를 따라 어두운 흰빛에서 밝은 흰빛으로, 점점 더 밝은 흰빛으로. 이마 위로 물방울이 떨어지는 듯했다. 나는 고개를 들어 내 문학 선생을 바라보았다. '발자국 없이 눈길을 가는가, 지워지기 위해 걸어가는가.' 선생의 낭랑한 목소리가 들려왔다. 창이 희부윰하게 밝아오고 있었다. 선생은 내리는 눈 속에 서 있었다.

눈을 떴을 때, 흰 작약 한 송이가 머리맡에서 흔들리고 있었다.

백지는 구두점의 무덤이다

하나의 문장은 하나의 구두점에서 다음 구두점까지의 여정이다. 구두점. 그리고 공백. 문장은 시작한다. 구두점. 구두점은 구두점. 구두점은 여덟 개의 다리. 여덟 개의 다리를 가진 구두점이 있다.

구두점은 복판의 구멍에서 실을 뽑아내고, 한 점에서 다른 점으로, 다른 점에서 또다른 점으로, 허공에 길을 낸다. 그것이 향하는 길이 곧 그것이 설계할 왕국의 도면이 될 것이므로. 구두점은 왼쪽에서 오른쪽으로, 오른쪽에서 아래쪽으로, 아래쪽에서 다시 왼쪽으로 나아가야만 하고, 나아가기만 한다면 자신의 왕국을 찾을 운명에 있다.

그것은 기다린다. 공백. 포획하기 위해 기다린다. 흡수하기 위해 기다린다. 산 채로 집어삼키기 위해. 흐르는 즙액을 빨아들이기 위해. 웅크린 검은 얼룩처럼, 웅크린 구두점은 기다린다. 버둥댈수록, 보이지 않는 그물에 엉켜 서서히 고정될 단어의 최후를.

기다림. 다시 공백. 공백 안에서 기다림. 멈춤이 충분하지 않을 때 전락은 순간의 일이다. 밤은 눈을 감고 별은 돌처럼 처박힌다. 구두점은 무한한 어둠 속에서 무한히 전락한다. 새가 한번 풀어놓은 울음처럼 떠나간 사념은 되돌아오지 않는다. 별 없는 어둠의 깊이가 두려워, 구두점은 구

속을 벗은 수인처럼 몸을 떤다. 차가운 공기만이 오직 백합처럼 일어선다.

뒤집힌 구두점은 발버둥친다. 다리 하나가 떨어져 있다. 한번 파손된 삶은 파손 이전으로 돌아갈 수 없다. 구두점은 기도하듯 묻는다. "부서지면서 걸어야 하는 까닭은 왜인가."

자기 자신을 부수면서 쓰는 문장이 있다. 부서지면서 쓰이는 문장이 있다. 그것은 자신보다 오래, 파손의 고통보다도 오래 살아남을 것이다. 구두점은 그렇게 믿으며, 온몸으로 자기 자신을 밀어내고, 온힘으로 자기 자신을 통과하며. 거리의 행렬처럼, 행렬에 자신을 내어놓은 거리처럼. 구두점은 구두점으로 이동한다.

다음 문장이 시작되기 전에 그것은 갈 것이다. 검은 피를 흘리는 검은 거미처럼. 마지막 남은 한 개의 다리마저 끊어내며. 멈춤이 멈춤을 다할 때까지, 그것은.

눈 한 송이와 눈 한 송이 사이

너는 백지 위에 있다. 백지 위를 걸으며. 백지 위를 맴돌며. 백지 위를 서성이며. 백지 위를 헤엄치며. 백지 위에 누워. 백지 위에 앉아. 백지 위에 멈춰. 백지 위에 엎드려. 어둠을 바라보기 위해 눈을 길들이듯, 찬찬히 너는 눈처럼 하얀 백지를 바라본다.

백지 아래 구멍이 있다. 구멍은 쓸 수 없는 시제와 시제 사이에 있다. 있을 것이다와 있다 사이에 있다. 있다와 있었다 사이에 있다. 있었다와 있었었다 사이에 있다. 있었었다와 잊었다 사이에 있다. 잊었다와 잃었다 사이에 있다.

눈발 흩날리는 허공처럼, 백지 아래 흰 구멍들이 가득하다. 구멍 속에서 흰 새 한 마리가 튀어나와 너의 머리 위로 솟구쳐 날아오른다. 너는 고개 들어 바라본다. 하늘에서 눈이 내리고 있다. 새는 눈송이와 눈송이 사이에 있다. 이제 막 땅에 닿은 눈송이와 아직 땅에 닿지 않은 눈송이 사이, 떨어지고 있는 눈송이와 그보다 늦게 떨어지기 시작한 눈송이 사이, 무수한 눈송이들과 눈송이들 사이의 시간을 스치며 새는 날아간다. 너는 날개가 보이지 않을 때까지 바라본다.

보이는 것이 보이지 않는 때는 언제일까? 보이지 않던 것이 사라지는 때는 언제일까? 너의 어깨가 눈으로 젖어든다. 너는 어깨 위에 내려앉는 눈 한 송이를 본다. 시린 흰빛이

다. 흰빛이 몸을 갉아먹는 듯하다. 서둘러 너는 눈을 털어낸다. 너의 어깨가 눈처럼 부스러진다. 눈 녹은 물처럼 투명해진다. 너는 미처 그것을 보지 못한다.

물속으로 뛰어들기 전처럼 너는 숨을 크게 들이마신다. 구멍에 빠지지 않으려고 사뿐히 한 걸음 내딛는다. 발이 무릎까지 푹 꺼진다. 다시 한 걸음 내딛는다. 허리까지 푹 꺼진다. 다시 또 한 걸음 내딛는다. 가슴까지 푹 꺼진다. 사방이 구멍뿐이다. 너는 점점 더 구멍 속으로 빠져들어가고 구멍은 늪처럼 서서히 너를 삼킨다. 이렇게는 계속할 수 없어. 너는 빠져나가려 허우적대지만, 그럴수록 구멍은 깊어진다. 구멍은 이제 소금으로 된 무덤 같다.

누가 올까. 누군가 오긴 올 거야. 너는 스스로 묻고 답한다. 잠이 와. 너는 기다린다. 기다림 속에서 너는 무릎에 고개를 묻으려고 웅크린다. 너는 구멍 속에 파묻혀 잠든다. 꿈속에서 너의 얼굴이 흙처럼 부스러져내린다. 잠이 와. 잠이 온다고. 부스러지면서 너는 중얼거린다. 구멍 속에서 숨어 있던 쥐들이 쏟아져나온다. 쥐들이 너의 얼굴을 빼앗아간다. 쥐들이 너의 흙을 갉아먹는다. 네가 점점 흩어져간다. 네가 점점 무너져간다. 너에게서 귀신의 비명 같은 바람소리가 새어나온다. 얼굴도 없이 우는 너는, 이제 텅 빈 구멍이다.

검은 돌은 걷는다

한번은 이런 시를 읽었다. 검은 돌에 관한 시였는데 첫 행과 마지막 행은 이러했다. "검은 돌은 검은 돌. 검은 돌은 걷는다."

검은 돌은 검은 돌이고, 검은 돌은 검은 돌일 뿐인데, 어떻게 검은 돌은 걸을 수 있을까. 검은 돌이 진정 스스로 걷는다면, 검은 돌은 자신을 떠나야만 할 텐데, 검은 돌이 자신을 떠나서도 검은 돌일 수 있을까. 생각 속에서 나는 정처 없이 걷다가, 작고 가벼운 검은 돌 하나를 주워 집으로 왔다.

나는 검은 돌 옆에 앉아보았다. 검은 돌은 검은 돌인 것 같았다. 검은 돌은 그러나 걷지 않았다. 나는 돌을 굴려보았다. 검은 돌은 구르고 또 굴렀지만 걷지 않았다. 나는 붉은 실을 가져와 검은 돌에 묶었고, 붉은 실을 끌고 다니며 검은 돌과 함께 집안을 이리저리 산보했다. 그러나 검은 돌은 여전히 걷지 않았다.

그날 밤 나는 검은 돌을 책상에 올려두었고, 그 옆에서 졸다가 깨다가 했다. 가을밤이었다. 창밖에서 귀뚜라미가 울었고 무언가 사각사각 나뭇잎을 밟고 지나갔다. 그때 누군가 말했다. "깊은 밤, 숲에서 소리가 난다." 나는 놀라서 주위를 두리번거렸다. 소리는 방안에서 나고 있었다. 그것은 다시 말했다. "깊은 밤, 숲에서 소리가 난다. 소리가 몸을 끌고 온대도 이상할 것 없는 밤이다."

그때 나는 검은 돌이 우는 것을 보았다. 검은 돌은 울고 있었다. 눈물 하나 흘리지 않는대도 우는 것일 수 있구나. 엎드려 울고 있는 뒷모습이구나. 나는 검은 돌을 쓰다듬으며 검은 돌의 마음을 위로하려 했다. 검은 돌 곁에서 검은 돌의 마음을 헤아리려 했다. 그러자 검은 돌의 목소리를 조금은 알아들을 것 같았다.

검은 돌은 숲에서 왔다고 했다. 숲의 안개는 한 겹 베일처럼 늘 숲을 감싸고 있었다 했다. 어느 날 칼을 든 남자들이 찾아와 몰래 안개를 베어갔다. 그날, 거센 비바람이 불었고 안개를 빼앗긴 숲은 짐승처럼 길게 울었다. 검은 돌은 빗속에서 그 소리를 들었다.

검은 돌은 고요가 침묵과 다르다는 것을 비에게서 배웠다. 비는 부딪히면서 빛났고 부서지면서 끝없이 말하고 있었다. 비는 냇물이 되어 흘렀고, 흐르는 냇물은 거침이 없었고, 막힘이 없었으며, 자면서도 흘렀고, 흐르면서도 꿈꾸고 있었다.

오랜 세월 검은 돌은 물속에 잠겨 물고기들과 눈 마주치며 지냈고, 물위로 어른거리는 바깥세상을 언제까지고 올려다보았다고 했다. 물속에서 어떻게 여기까지 걸어나왔는지 나는 검은 돌에게 물으려 했는데, 검은 돌은 그 오랜 기억 속으로 다시 잠겨들고 있었으므로, 숲과 어둠과 안개와 바람과 물의 목소리를 기억하는 돌은 다만 엎드린 뒷모습으로 다시 잠들고 있었으므로.

검은 돌은 검은 돌. 검은 돌은 다만 검은 돌이었고, 검은 돌은 아주 작고 가벼운 검은 돌일 뿐이었지만, 검은 돌은 걸어가고자 했고, 걸어가고자 하는 하나의 정신이었으므로, 걸어가고자 하는 것만이 그의 정신이며 또 마음이었으므로, 걸어가고자 하는 돌은 영원히 걸어가고 있었다.

모래의 책

1.

세르반테스는 『돈키호테』의 저자는 자신이 아니라고 했다. 그는 어느 아랍인의 이야기를 돈으로 사서 스페인어로 번역했을 뿐이라 했고, 옛 아랍 전통에 따라 번역을 마치고 원전을 불태워 없앴다고 했다.

이 말을 믿는 사람은 거의 없었지만, 어떤 이는 『돈키호테』를 읽고 검은 모래에 휩싸이는 꿈을 꾸었고, 꿈속에서 거대한 사막이 걷는 것을 보았다. 어떤 이는 한 손엔 돌을 다른 한 손엔 소라를 든 아랍인을 만나는 꿈을 꾸었고, 아랍인에게 돌과 소라가 경전과 시, 두 권의 책임을 알았다. 또 어떤 이는 꿈에서 잠들어 있는 검은 말을 죽였는데, 그러자 자신이 검은 말이 꾸고 있던 꿈 속에 있었음을 깨달았다. 이들은 『돈키호테』를 읽고 이렇게 꿈에서 아랍을 이해할 수 있었다. 그러나 깨어나면서 이들의 꿈도 사라졌기에 아랍의 기억은 희미하게 남아 있다.

2.

꿈속에서 나는 긴 문장이 적힌 양피지를 손에 들고 있었다. 그 문장은 머나먼 사막에서, 모래 언덕이 매일 밤 모래알갱이를 바람에 실어 조금씩 자신을 이주시키는 고장에서 온 것이었다. 내가 문장을 읽는 동안, 문장은 조금씩 생겨났고, 조금씩 지워졌으므로, 나는 끝없이 움직이는 모래의 문장을 따라 걷고 또 걸어야 했다.

나는 카사블랑카를 몰랐지만, 꿈속의 문장이 카사블랑카임을 알 수 있었다. 카사블랑카의 사원에서는 타일 벽들이 아름답게 빛났으며, 타일의 흰빛은 물처럼 깊어졌고, 타일의 푸른빛은 병(病)처럼 깊어졌고, 아라베스크의 도시는 그 자신을 비추고 되비추는 무한한 거울이어서, 한순간 나는 누군가 만화경을 돌리며 이 도시를 꿈꾸고 있고, 내가 그의 꿈을 꾸고 있음을 알았다. 그는 이 도시의 길들과 도시의 무늬를 끝없이 끝없이 바꾸고 있었다.

3.

또다른 꿈속이었다. 늙은 남자가 낙타와 함께 걷고 있었다. 낙타를 끌고 가는지 낙타에 끌려가는지는 알 수 없었다. 남자는 눈이 멀어 있었다. 찬비가 내리고, 그의 입에서 입김이 새어나왔다. 그것은 혼처럼 보였다. 세르반테스가 그에게 이야기를 팔았다던 아랍인의 생김새를 말한 적 있던가.

나는 그 아랍인인지 알아보려고 그의 눈을 보았다. 우리는 말없이 서로를 바라보았다. 그의 눈 속에서 흰 불이 타오르고 있었다. 아름다운 흰 불이구나. 한순간, 나는 타오르고 있는 말의 혼이었다.

천 하룻밤의 꿈

1.

내가 스무 살이었을 때 구파발에서, 모든 집의 불이 하나씩 꺼져가고, 모든 집의 거울이 차례로 부서져가던 어느 날, 나는 담장에 ○자가 표시된 이웃집에 들어갔다. 마당에 누군가 먹다 뱉은 곶감 씨가 흩어져 있었다. 마루엔 작은 소반 위 빈 밥그릇 하나, 안방에는 겨울 외투 한 벌이 사람처럼 옷걸이에 걸려 있었다. 안방 안쪽에 다락으로 통하는 문이 있었다.

다락에 오르니 오래된 책들이 쌓여 있었다. 나는 그중에서 가장 묵직해 보이는 책 한 권을 집어들었다. 고동색 표지에 금박으로 『천 하룻밤의 꿈』이라 적혀 있었다. 뒤표지에는 이런 글귀가 있었다. "나는 왜 여기 왔으며, 어디로 가고 있는가?—이 책은 그 해답을 간직하고 있다." 책장을 열자 페이지들이 조금씩 부스러졌다. 나는 조심스레 책을 집으로 가져와 책장 위에 올려두었고 서서히 그 일을 잊어갔다.

이사가던 날, 이삿짐 상자 속에서 그 책을 다시 보았다. 이제 읽어봐야겠다고 생각하며 책을 꺼냈다. 다른 무거운 책들과 함께, 그것을 책상 위에 올려두었다. 눈앞에 두고도 책을 다시 잊었다. 시간이 흘러 책들이 쌓여갔다. 이제 헌책방에 팔아야겠다고 생각하며 책을 골랐다. 그 책을 다시 발견했다. 오래된 책이 읽고 싶어졌다.

2.

보르헤스는, 오래된 책에는 그 책에 머물렀던 이들의 눈길과 시간이, 그들의 피와 맥박이 깃든다고 한다. 내가 그것을 펼칠 때, 페이지의 주름마다 숨어 있던 혼들이 함께 책을 읽는다. 책 속 거리에 일몰이 오고 바람이 부는 동안, 내가 빈집의 그네를 흔들며 앉아 있는 동안, 낯선 새 울음소리로 여름밤의 공기가 물결치고, 저멀리 응답처럼, 명멸하는 신호처럼, 그러나 결코 꺼지지 않는 푸른 불처럼, 거울에 빛을 되쏘아 내게로 보내는 누군가 있다.

오래된 책은 누군가에게 벽이지만 누군가에겐 끝없이 열리는 문이라고 한다. 내 쪽에서는 벽이고 저쪽에서는 문이다. 내가 책을 읽는 동안 나를 읽으려는 누군가 있고 문을 열어 나의 꿈속으로 건너오려는 꿈도 있다. 그 꿈속에 누군가 있다. 페이지 너머, 문틈으로 나를 엿보고 있다. 나는 그것이 두려워 책장을 덮고 책 밖으로 나가려 했다.

오래된 책을 읽는다는 것은 책이 쓰인 날로부터 내가 읽는 날까지 흘러간 모든 시간을 읽는 일이라고 한다. 여름날의 초록이 무한히 색을 바꾸듯 오래된 책은 시시각각 입구를 바꾸는 천 길 미로 같아서, 책 속에서 나는 길을 잃었다.

가을이 오고 겨울이 오고 봄이 오고 다시 여름이 오는 동안 나는 주문에 걸린 듯 같은 문장 속을 헤매고 또 헤매었다. 바람은 문장을 흔들며 흔들리고 있었고, 저녁 구름은 기도하고 있었고, 단풍나무 씨앗은 바람개비처럼 돌며 춤추고 있었다. 연못 밖으로 금빛 잉어 한 마리가 튀어올랐다. 헐떡이는 그것은 책의 오래된 심장 같았다. '이건 상징일 뿐이야.' 나는 생각했다.

흰 쥐가 킬킬거리며 단어를 하나 물고 왔다. 쥐는 이빨로 단어를 긁어 파먹고는 사라졌다. 지빠귀가 버려진 그 단어를 물고 갔다. 새는 부드러운 호를 그리며 가지 사이를 날더니 단어를 공기에 꿰매어 바느질하곤 사라졌다. "하나의 단어로 충분하다. 단 하나의 단어 속에서 영원을 사는 존재가 있다." 허공에 매달린 단어는 부서지는 별처럼 빛났다. 고개를 들자, 하늘 위로 수천의 새가 날아가고 있었다.

3.

한밤 문장들 틈에서 잠들어 있을 때, 내 눈 속으로 걸어들어오는 누군가 있었다. 등불 든 그가 저벅저벅 다가와 내 눈꺼풀을 한 번 어루만지고 두 번 어루만지고 세 번 어루만지는 동안, 내 안에서 깨어나는 꿈이 있었다. 눈감은 채 나는 그들의 희미한 속삭임만을 들었다. 그가 내 안의 꿈과 함께 더 깊은 곳으로 떠나면서 그의 등불도 차츰 멀어져갔다.

오래된 책은 거기 머무는 혼들이 서로를 비추고 되비추는 만화경 같다. 오래된 책 속에서 나는 무한히 산란하는 빛을 느낀다. 시시각각 바뀌어가는 미로 속에서 혼들의 꿈을 본다.

토성의 고리

나의 소설가 친구가 자신이 읽은 소설 이야기를 들려주었다.

2차 세계대전 때의 일이다. 칠레 남부의 어느 수용소 하늘에 비행기로 시를 쓰는 군인이 있었다. 하늘의 비밀한 구름들은 쓰이고 있거나 지워지는 중인 장엄한 시의 흔적이었다. 그가 잿빛 연기로 하늘에 한 행을 쓰고 있노라면 앞서 쓴 한 행은 서서히 다른 하늘로 흘러갔기에 시 한 편을 오롯이 읽어낸 이는 어디에도 없었다.

이따금 어린아이들만이 하늘의 시를 가리키며 "무지개 기차" "얼음 송곳성" "날으는 얼룩말" "산책 구름" "귀환하는 고래" "밤의 미망인" 하고 외쳤다. 그러면 어른들은 놀라서 "언제 이런 말을 배웠지?" 하고 아이의 눈동자를 들여다보았다. 아이의 눈 속에서 시는 느리게 흘러갔다. 그러나 어른들은 그것을 알아보지 못했다.

비행사는 하늘 위에 자신의 시를 쓰기도, 수 세기 전의 비밀문서를 필사하기도 했다. 나의 친구는 자신의 노트에 적은 필사본의 필사본을 내게 보여주었다.

smaismrmilmepoetaleumibunenugttauiras
나는 가장 먼 행성이 세 가지 모습을 하고 있음을 보았다

aaaaaaa ccccc deeeee g h iiiiiii llll mm nnnnnnnnn oooo pp q rr s ttttt uuuuu

그것은 황도 쪽으로 기울어진 납작하고 얇은 고리를 갖고 있으며

그 고리는 어디에도 닿아 있지 않다

필사본은 망원경으로 토성을 관측한 17세기 천문학자들의 기록이었다. 처음엔 렌즈가 흐릿해서 토성을 또렷이 볼 수 없었다. 그들에게 토성은 두 개의 귀, 두 개의 달, 혹은 두 개의 손잡이를 지닌 동그란 꽃병이었다. 처음 토성을 발견한 한 천문학자는 노트에 이렇게 그리기도 했다.*

비행사는 그 천문학자들이 천문학의 언어로 비밀한 시를 썼다고 믿었다. 하늘은 누구에게든 열려 있으나 누구도 오래 들여다보지 않는 공간이었고 바로 그 시가 발표될 만한 지면이었다. 토성이 태양을 한 바퀴 도는 공전주기는 지구 시간으로 30년이었다. 비행사는 공전주기에 맞춰 하늘에 시를 발표하기로 했다. "그는 천문학자들의 시를 하늘에 필사

했고, 다음 주기가 오기 전 세상을 떠났지. 그래서 문장은 단 한 번 쓰였어." 나의 친구는 말했다.

오랜 시간 나는 그 소설을 궁금해하면서도 읽지 않았고, 오직 생각 속에서 나의 것이 된 소설과 더불어 지냈다. 나의 소설 속 문장들은 내 안에서 무수히 쓰이고 또 흘러갔다. 하루는 푸른 연기 속에서 추락하고 있는 비행사가 보였다. 비행기는 저 밑으로 고꾸라지는 듯하더니 구름을 뚫고 솟아올랐다. 그는 그곳에서 여전히 쓰고 있었다. 멀리서 나는 손을 흔들었다. "안녕!" 그는 나의 인사에 답해주지 않고 멀어져갔다.

어느 날 도서관의 과학 서가에서 책을 뒤적이다가, 나의 소설에서 본 것 같은 문장을 만났다. 제목은 『토성의 고리』. 토성에 관한 책이었다.

토성은 45억 년 전, 토성의 고리는 1억 년 전 생겨났다.
토성의 고리는 패스트리 파이처럼 여러 겹이며
쌀알만한 크기부터 기차만한 크기의 얼음 조각들로 이뤄져 있다.

고리와 고리 사이,
천문학자들은 그 무덤 같은 간극 속으로 자신의 이름을 밀

어넣었다. 카시니, 엔케, 맥스웰, 켈러……

일곱 개의 트랙이 서로 다른 속도로 회전할 때

혜성은 바늘처럼 끌려와 토성 레코드 위에 물결무늬를 새긴다.

책은 토성의 고리가 레코드판처럼 회전하고 있다 했다. 그러나 1억 년 전, 누가 전축 위에 그 레코드판을 올려놓았는지는 알 수 없다 했다.

2017년 한 우주선이 토성에 다가가 토성 레코드의 악보를 기보하려다가 폭발했다. 그 우주선은 일곱 개의 트랙이 속도뿐 아니라 밝기와 농도 또한 서로 다름을 밝혀냈다고 하지만…… 나는 그것이 광활한 우주 한복판에 시를 필사하다가 사라졌다고 믿었다.

지금 이 시각, 토성은 우리가 듣지 못하는 곳에서 오늘도 음악을 운행하고 있다. 나는 그곳에서 토성의 음악을 비밀히 받아 적는 누군가 있음을 알 것 같다. 내 안의 소설 한 페이지는 이렇게 다시 쓰인다.

* 갈릴레오 갈릴레이, 1610.

2부

번역하다, 새의 울음

번역자

이 숲에는
먼나무가 있다
흑송이 있고 물푸레나무가 있다

가지 사이로 새어드는
저녁 빛이 있고
그 빛에 잘 닦인 잎사귀가 있다

온종일
빛이 닿은 적 없던 내부에
단 한 순간
붉게 젖어드는 것이
슬픔처럼 가만히 스며드는 것이 있다

저녁의 빛은
숲 그늘에
다른 세계로 통하는 문을 만들었다

그 속에
새 그림자 하나

날갯짓 소리가
점점 멀어지면서

비릿한 풀냄새가 난다
불타버린 누군가의 혼처럼

이 시각
돌이킬 수 없는 것이
이곳을 스쳐지나가고 있다

어디선가
물 흐르는 소리가 들리고

꿈속에서
물위에 나를 적는 사람

흔들리면서
내게 자꾸 편지를 보내는 사람

나는 그가 누구인지 알 것 같다

비유는 흐르지 않는다

물은 흐르고 차고 썩어도
비유는 흐르지 않는다

나의 문학 선생은
백묵으로 칠판에 글씨를 썼다
침묵 속에서

작은 새 한 마리가
포르르 날아들었다

비유는 이곳과 저곳— 사이를 잇는
공기 같은 것이어서……

그것은
허공에 찍은
발자국마다

푸른색의 빛을
질병처럼
휘파람처럼 끌고 다녔다

오지 않은 미래를
지금 이곳으로 끌어당깁니다

그때
누군가 창을 열었고

그것은
그림자를 버리고
햇빛이 쳐둔 그물을 피해
높은 곳으로
더 높은 곳으로 날아올랐다

비유가 흐르지 않을 때
비유는 이곳으로 오고 있음을 잊고, 그 자신의 이름마저
하나의 비유임을 잊겠지요

선생은 가만히 새를 바라보았다

비유가 비유를 잊고
언어가 자신을 잊는 곳에서……

그것은
출구를 찾아
강의실을 휘젓고 다니다

허공에
작은 회오리바람을 일으키며
사라지고 있었다

새벽의 창은 얇은 얼음처럼 투명해서 1

저것 봐, 어둠 속 검은 새 한 마리가 있어. 당신이 검은 새를 가리키자 어둠 속 검은 새가 보인다. 검은 새 한 마리가 빛나고 있어. 날개가 불타는 검은 새가 있다. 검은 새의 날개가 검게 불타고 있다. 자기 뼈가 부서지는 무서운 소리를 들으며 날아가는 새. 가지에 부딪혀 부서지면서도 날아가는, 날아가면서도 부서지는 날개가 있다. 부서지는 것은 부서지는 것. 부서지는 것은 부서져가는 것. 부서져가며 날아가는 것. 날아가며 빛을 내는 것. 빛을 되쏘는 어둠이 있다. 완전한 어둠만이 빛을 되쏠 수 있다고 꿈속의 당신은 말했다.

크고 붉은 동백의 결이었다. 잎사귀 아래 둥근 물방울이 맺혀 있었다. 얼음 아래 냇물은 흐르고 있었다. 꿈처럼 물은 흘러갔다. 흐른다는 것만이 사랑임을 깨우쳐주듯. 숨죽여 나는 듣고 있었다. 검은 새가 흔들고 간 나무 한 그루 있었다. 검은 새의 부재를 밝히는 검은 울음소리 있었다. 눈이 다 녹기 전에 나는 이 길을 걸어가야만 한다. 당신 발자국에 내 발자국을 포개며 걸었다. 당신은 없고 당신은 보이지 않고 오직 이것만이 길이라는 듯. 지우면서 지워지면서 따라가는 걸음 있었다. 깊어지면서 부드러워지는 색의 침묵 있었다. 길가의 검은 돌들은 검게 빛나고 있었다.

눈뜨면 창밖은 새벽이었다. 새벽의 창은 얇은 얼음처럼

투명해서, 그 속에 깃든 풍경은 입김이 닿는 순간 사라지고 만다. 숨을 멈추고 바라만 보았다. 정원의 꽃은 잠들어 있었다. 잠들어 피어 있었고 피어서도 꿈꾸고 있었다. 죽는다는 것처럼, 다시 살아간다는 것처럼.

새벽의 창은 얇은 얼음처럼 투명해서 2

한번은 이런 시를 읽었다. 전에 읽은 「검은 돌은 걷는다」를 쓴 사람의 또다른 시였다. 제목은 「새벽의 창은 얇은 얼음처럼 투명해서」. 그 시의 첫 행은 이러했다.

"저것 봐, 어둠 속 검은 새 한 마리가 있어."

그가 가리키는 검은 새를 한번 따라가보자고 생각하며 그것을 읽었다. 그러면 나도 이 시를 쓴 사람처럼 어둠 속 검은 새 한 마리를 볼 수 있을지도 몰랐다.

어둠으로부터 검은 새를, 흑(黑)으로부터 다른 흑을 구별하려면 얼마나 오래 그 속에 머물러야 하나. 종일 어둠을 기다렸다. 끝내 밤은 왔다. 기다림 끝에도 나는 볼 수 없었다. 내가 작은 한숨을 쉬자 시 속의 누군가 말했다. 처음 새를 가리킨 사람과는 다른 목소리였다.

"날개가 불타는 검은 새가 있다. 검은 새의 날개가 검게 불타고 있다. 가지에 부딪혀 부서지면서도 날아가는, 날아가면서도 부서지는 날개가 있다."

그때, 내 방 창가로 한 마리 새가 날아들었다. 커튼이 드리운 창으로 나는 새 그림자만을 볼 수 있었다. 새 그림자는 가로등 불빛 아래 이 가지에서 저 가지로, 다시 저 가지에서 이 가지로 뜻없이 옮겨다니고 있었다. 문장 속 새가 한 문장을 전복한 다음 문장으로, 또 한 문장을 전복한 다음 문장으로 옮겨다니듯.

"부서지는 것은 부서지는 것. 부서지는 것은 부서져가는 것. 부서져가며 날아가는 것. 날아가며 빛을 내는 것. 빛을 되쏘는 어둠이 있다."

나는 책장을 덮고 조심스럽게 창 쪽으로 다가갔다. 그것은 어른거리는 검은 불처럼, 무언가의 혼처럼도 보였다. 시 속의 한 단어가 의미가 비슷한 단어에서, 또다른 단어를 향해 날갯짓하며 멀어지듯, 커튼을 젖히자 그것은 사라져갔다. 나는 그것이 새 그림자인지 새 유령인지 혹은 다른 무엇인지 알아내지 못한 채 다시 자리에 앉아 책을 펼쳤다.

"크고 붉은 동백의 곁이었다. 잎사귀 아래 둥근 물방울이 맺혀 있었다. 얼음 아래 냇물은 흐르고 있었다. 꿈처럼 물은 흘러갔다. 흐른다는 것만이 사랑임을 깨우쳐주듯. 숨죽여 나는 듣고 있었다. 검은 새가 흔들고 간 검은 나무 한 그루 있었다. 검은 새의 부재를 밝히는 검은 울음소리 있었다."

고개 들자 창밖은 새벽이었다. 새벽의 창은 얇은 얼음처럼 투명해서, 그 속에 깃든 풍경은 입김이 닿는 순간 사라질

듯 아득했다. 그러나 흑이 지나간 자리에 흑은 깃들어 있었다. 흑이 부재한 자리에 흑의 부재는 나타나고 있었다. 사라지지만 사라지지 않는 것. 그것을 붙잡아두고 싶어서, 나는 공책에 시의 문장을 따라 적었다.

"눈이 다 녹기 전에 나는 이 길을 걸어가야만 한다. 당신 발자국에 내 발자국을 포개며 걸었다. 당신은 없고 당신은 보이지 않고 오직 이것만이 길이라는 듯. 지우면서 지워지면서 따라가는 걸음 있었다. 깊어지면서 부드러워지는 색의 침묵 있었다. 길가의 검은 돌들은 검게 빛나고 있었다."

새벽 공기를 들이려고 창문을 열었다. 밤새 눈 쌓인 골목에 이웃 노인이 비질하는 소리, 신문 배달부가 뛰어가는 발소리가 들려왔다. 담장 아래 눈을 맞은 꽃 한 송이가 보였다. *꽃은 잠들어 있었다. 잠들어 피어 있었고 피어서도 꿈꾸고 있었다. 죽는다는 것처럼, 다시 살아간다는 것처럼.* 나는 다시 공책에 내가 얻은 문장을 이어서 적어나가기 시작했다.

"꽃은 눈먼 초록으로 일렁이고 있었다. 초록의 꿈으로 일렁이고 있었다……"

휘파람새

휘파람새는
레몬 태양을 물고

이 가지에서 저 가지로
이 잎사귀에서 저 잎사귀로

휘파람새는
빛을 튕기며 바느질하고

노랑에서 파랑으로
붉음에서 울음으로

휘파람새는
빛 속에 참여하고

수런거리는 물의 소용돌이로
우글거리는 꽃의 한복판으로

휘파람새는
반복의 반복
반복의 반복을 반복

허공은 고요

구멍 뚫려 빛나는 고요

잎사귀들은
창문처럼 열려 있고
거울처럼 비추고 있고

한 걸음 들어서면
한 걸음 짙어지는 녹음처럼

휘파람새는
수국 안개를 향해

뱀의 혀처럼
작은 불 날름거리는
어린잎들을 지나

휘파람새는
숲의 혈관

초록 풀씨를 물고
세계를 건너고 있다
영원히 영원히 건너고 있다

앵무

키우던 새가 죽은 뒤
부모는 딸에게 새장을 버리라고 하였습니다

버릴 수 없어
아파트의 빈 뜰에
새장을 놓아둔 마음

철창뿐인 허공 속에서
새를 읽는 마음을
없는 새의 심장을
꺼내올 수 있겠습니까

딸의 손은
없는 새의 등을 쓰다듬고
말없이 하염없이
쓰다듬고

쓰다듬는 손길만이
새를 대신해 말합니다

당신의 손은
그래서, 나의 등을 닮게 되었나요

살아 있는 것
다친 날개를 푸드덕거리며
그토록
살아 있는 것

어디선가 전속력으로
철창에 몸을 부딪혀오는 소리가 납니다

탁 탁 툭 툭
마른 나뭇가지 타는 냄새

불붙은 황금빛 꼬리로
새장 안을 애타게 맴돌며

내 날개가
꿈에 나를 따라왔습니다

불타면서
그것이 불타면서 말한다면
믿을 수 있나요

나무와 나무 사이, 새의 심장이
펄럭입니다

펼쳐진 거대한 책처럼
곧, 날개가 될 것처럼

불법승

고대 일본 고야산에
불법승(佛法僧)이란 새가 살았다

신성한 숲에만
날아든다는 새

그 새는
잎사귀의 가장 여린 곳에서
바람의 가장 안쪽에 와서
불법(佛法), 불법, 하고 우는데

몸은 보이지 않고
소리만 들린다고 전해진다

*

꽃의 내부는
새소리로 달아오르는
소리의 방

흔들리는 종처럼
투명하고
뜨거운

꽃 속에
새 한 마리가 얼굴을 박고
울고 있는 듯했다

잔설(殘雪)이 떨어진 동백의 곁이었다

가까이 다가가보면
울음소리만 있었다

기척만 있었다
작은 새의 무게만큼의

*

올 것 같다
그러나 아직 오지 않았다

다가올 사랑의 예감처럼

먼 곳에서
나의 꿈속으로

그 새가 낮게 날아들고 있었다

새소리가 먼저였다
새는 나중에 왔다

이별하는 정오

초원장 여관의 정오
카운터 여자는 낮잠

얇은 벽 너머
한 사내가
구토하는 소리를 듣는 정오

느티나무 아래
벤치의 노인들이
말없이 한 방향을 바라보는 정오

양말 가게 남자가
수굿한 뒷모습으로
아들의 수학 문제에 열중하는 정오

우동집 앞
당신에게서 돌아서는 정오
돌아서 걷기 시작하는 정오

가는 비 내리고
손차양 한 사람들이
하나둘 처마 밑으로 모여드는 정오

신호대기중인
버스기사가 창밖으로 내민
흰 손에서

날갯짓하는 작은 새의
심장소리를 듣는

거리의 나무에
빛이 무늬를 새겼다
사라지는

불시에
이별을 예감하는 정오

3부

바라보다, 늙은 숲의 심장

물의 언어

바람이 지난 후의
겨울 숲은 고요하다

수의를 입은 눈보라

물가에는
종려나무 어두운 잎사귀들

가지마다
죽음이
손금처럼 얽혀 있는

한 사랑이 지나간
다음의 세계처럼

이 고요 속에
소리가 없는 것은 아니다

초록이
초록을

풍경이
색채를

간밤 온 비로
얼음이 물소리를 오래 앓고

빛 드는 쪽으로
엎드려
잠들어 있을 때

이른 아침
맑아진 이마를 짚어보고
떠나는 한 사람

종소리처럼
빛이 번져가고

본 적 없는 이를 사랑하듯이

깨어나
물은 흐르기 시작한다

물결의 말

그것은
물고기의 아가미 또는
지난밤에 깎은 사과 껍질

안쪽에서 만져진다

두꺼운 외투를 열어 보이는 것은
아름답지 않다고 생각하는 사람들이 있다

오래 생각했다
겨울에도 철 지난 얇은 옷을 고집하는
가난하고 또 우아한, 어떤 취향에 관해

그들이 오래된 만큼
내 생각도 오래도록 이어졌고

빌려온 책을 읽을 때마다

누군가 몸속에서 잠깐 불을 켰다
여긴 누구였을까

물결처럼 밀려왔다,
우리는 각자의 방식으로 잠든다

떨어진 모과처럼 여기저기 뒹굴며

같은 의미에서, 나는 이제 거의 존재하지 않지만

겨울, 청어와 모래, 작은 북과 캐스터네츠, 빗방울과 앵두와……

길을 잃을 때는
어둠 속에서도 반짝이는 것의 목록을 적는다

실패가 거듭될 때,
매일 입술에서 닳아 없어지는
이름들처럼
걷잡을 수 없이 얇아질 때
그래서, 살고 있는 그것을 만질 수 있을 만큼

여전히 사랑한다는 것,
흔들리는 한
모두 같은 물속일 거야

물결의 말이다

정원사

어둠 속, 산수국은 푸른빛을 발하고 있었다. 푸른빛이 말하는 듯해서 꽃을 돌아보았다. 산수국 꽃은 밤의 혈관 같았다. 얇은 꽃잎의 잎맥에서 흘러나온 푸른 피가 밤을 물들이고 있었다. 나는 수국을 하나 꺾었다.

여름밤의 공기에는 썩어가는 살냄새도 있다. 나는 냄새를 피하려고 서둘러 걸었다. 그러나 냄새는 자꾸만 나를 따라왔다. 도망치듯 집에 돌아와 문을 잠갔다.

부엌 테이블 맡에 수국을 올려놓고 손을 씻었다. 씻어도 냄새는 사라지지 않았다. 들창으로 바깥을 내다보았다. 비가 내리고 있었다. 밀폐된 실내의 대기에 비 오는 날의 풀내음이 스며들어 있었다. 그 속엔 비릿한 피의 예감이 배어 있었다.

옛말에 식물도 사람처럼 피를 흘린다 했다. 그 피는 고요한 빛 같고, 적요한 공기 같아 쉽게 알아볼 수는 없다 했다. 그때 죽은 식물은 나를 바라보고 있었다. 두려워 나는 꽃을 비닐로 덮었다. 꽃대에서 투명한 즙이 흘러나왔다. 나는 찬장에서 큰 가위를 꺼냈다. 꽃잎이며 잎사귀를 조각조각 자르고 쓰레기 더미에 버렸다.

그 밤, 꿈을 꾸었다. 꿈속에서 누군가 칼을 들고 나를 죽이려 했다. 나는 칼을 빼앗아, 그자의 배에 내리꽂았다. 칼은 부드럽게 복부를 관통했다. 놀라서 나는 뒷걸음질 쳤다. 푸른 피가 솟구쳐 흐르고 있었다. 칼끝은 나를 향하고 있었다. '처음 칼을 뽑아든 자는, 그가 아니라 나로구나.' 그는 희미하게 웃고 있었다. 나는 그만 정신을 잃었다.

그의 테이블 위에서 나는 깨어났다. 가늘게 뜬 눈으로 나는 내 가슴 언저리의 붉은 구멍을 보았다. 붉은 구멍 속에서 푸른 잎사귀가 돋아나고 있었다. 살갗을 뚫고 여린 잎이 혀처럼 솟아나올 때 나는 비명을 질렀다. 그러나 나는 혀가 없었고, 나의 비명에는 소리가 없었다.

똑, 똑, 잎사귀 뜯는 소리가 났다. 뜯긴 자리에서, 피처럼 끈끈하고 눈물처럼 투명한 즙이 흘러나왔다. 손과 발은 끈으로 단단히 묶여 있었다. 나는 격렬하게 몸부림쳤다. 풀 비린내가 공기를 가득채웠다.

그자의 손이 서서히 나를 덮쳐왔다. 그 손은 나의 구멍을 어루만지며 희미하게 속삭였다. "죽음은 끝이 아니라네. 여름밤의 색채는, 죽어서도 살고 있는 자들의 고요한 피와 비명으로 이루어져 있지."

그때 알았다. 내 안에서 살고 있던 무언가, 산산이 부서졌다는 것을. 부서져 어디론가 끝없이 흐르고 있다는 것을. 나는 흐느끼며 창밖을 바라보았다. 바깥엔 무한한 푸른 밤이 펼쳐지고 있었다.

흰 불

바람은 바람 같다. 풀잎은 풀잎 같고 풀잎의 마음은 풀잎의 마음 같다. 풀은 바람에 길을 내주고 있다. 달빛에 길을 터주고 있다. 바람결엔가 꿈결엔가. 들녘의 빈 터에서 사내는 울고 있다.

슬픔의 얼굴은 묵묵한 얼굴이다. 묵묵하고 먹먹한, 무섭도록 고요한 얼굴이다. 고요한 슬픔의 얼음 얼굴. 그 속에 빛이 얼어 있다. 얼어서 갇혀 있다. 빛은 갇혀서도 겁내지 않고 얼어서도 죽지 않는다는 걸 나는 본다.

음복하는 사람들 뒤로 까마귀 한 마리 날아간다. 재피나무 쪽에서 산수국 쪽으로. 검은 오디 쪽에서 파란 어둠 쪽으로. 봄이 지나고 있고 밤이 흐르고 있다. 겨울비이고 봄밤이다. 떨어지면서 물은 물을 뚫는다.

까마귀에게는 죽은 사람의 혼이 깃든다고 한다. 그래서인가. 나뭇가지는 자꾸만 슬픔처럼 휘어지고 저 산은 밤새 흰빛으로 불타고 있다.

맑은 바람이 있고 찬 서리가 있다. 움트는 잎이 있고 먼 곳에서 젖는 날개가 있다. 꿈결에도 잊히지 않는 이가 있고 잊을 수 없는 계절이 있다. 이 밤의 꽃은 불이다. 사내는 흰 불을 움켜쥐고 간다.

청량리

청량리역 플랫폼 저 끝에서, 누군가 휘파람을 불고 있었다. 나도 모르게 소리나는 쪽으로 발걸음을 옮겼다. 휘파람 부는 사람은 노신사였다. 한겨울, 여름용 플란넬 양복을 입은 그는, 한 손에 검은 비닐봉지를 들고, 다른 한 손으로 지팡이를 짚은 채 천천히 역사를 거닐고 있었다. 몇 번인가 열차가 멈춰 섰지만 그는 올라타지 않았다.

눈이 내리네. 그대는 오늘밤 오지 않겠지.

그것은 언젠가 내가 들어본 곡이었다.* *눈이 내리네. 내 마음 검은 옷을 입네. 가지 위의 새는 애처로이 울음 울고, 그대는 오늘밤 오지 않겠지.* 갈 길도 잊은 채, 나는 그의 휘파람소리에 귀기울였다.

그때 마치 휘파람처럼, 작은 새 한 마리가 허공으로 튀어 올랐다. 새는 허공에서 기둥으로, 기둥에서 계단으로, 계단에서 바닥으로, 바닥에서 다시 허공으로 쉼없이 날갯짓했다. 노인은 새를 부리고 있었다. 그가 고개를 까딱하자 새는 그의 팔로 날아올랐고 총총 뛰더니 어깨 위에 앉았다.

노인은 푸른 자두를 손에 쥐고 있었다. 눈으로 새를 좇다가 그와 눈을 마주쳤다. 그는 비닐봉지를 뒤적이더니 내게 다가와 자두 한 알을 건넸다. 망설이다가 두 손으로 자두를 받아들었다. 푸른 자두. 그것은 청량리의 노신사가 자신의 세계에 입회를 허용하는 비밀한 상징 같았다.

노인은 잿빛 눈동자를 가지고 있었다. 그의 눈동자가 한 겹 열리자 그 속의 또다른 존재가 서서히 눈을 떴다. 나도 모르게 그 눈을 들여다보았다.

거기, 한 사내가 있었다. 해질녘 성당의 뒤편이었다. 아이들의 성가가 희미하게 흘러나왔다. 그는 혼자였고 그는 기다리고 있었다. 성당의 어둠 속, 한 여인이 있었다. 그녀는 혼자였고 그녀는 기도하고 있었다. 눈이 내리고 있었다. 전나무 가지 위에 새 한 마리가 앉아 있었다. 여인은 고개 들어 창밖을 바라보았다. 어디선가 새를 불러들이는 사내의 휘파람 소리가 들렸다. 가지에서 후드득 눈이 쏟아졌고 새가 날아올랐다.

눈이 내리네. 가지 위의 새는 애처로이 울음 울고, 그대는 오늘밤 오지 않겠지. 휘파람을 불며 어느새 노인은 돌아서고 있었다. 새는 더이상 보이지 않았다. 그가 떠난 자리에 휘파람소리만이 남아 있었다.

* 살바토레 아다모, 〈Tombe la neige〉.

쥐불놀이

그가 소년이었을 때
세상은 해독할 수 없는 악보 같았다

전신주에서 전신주로
끝없이 이어지는
검은 선들을 따라 걷다보면
어느새 겨울이 와 있었다

1학년 교실
낡은 난로 위에는
언제나 주전자 물이 끓고 있었고
그는 물위에 뜬 청귤 껍질의 푸른빛을
오래도록 지켜보았다

대보름이면
친구들과 쥐불놀이를 했다
손잡이를 매단 깡통에, 마른 나뭇가지를 채워 불을 붙였다
소년들은 한 팔로 휘휘 원을 그리며
그것을 누가 가장 멀리 던지나 내기를 했다

그가 던진 불이
가장 멀리 날아갔고
그는 친구들의 휘파람소리를 들으며

들판을 달렸다

숲속 빈 터에서
그는 보았다
솟구쳐오르는 불길들
술렁이는 나무들 사이로
한 사내가 나타나는 것을

그는 사내가 죽음임을 알았다

펑, 펑, 하늘엔
소년들이 쏘아올린 폭죽이
신기루처럼
빛의 지도를 그렸고

그가 아직 소년이었을 때
친구들과 숨바꼭질을 하다가
물 흐르는 강둑 아래
숨어 있었을 때

날이 어두워지고
잠결에
얼굴 없는 사내의

휘파람소리를 들었을 때

봄이 오고 있었다

죽은 회양목 가지 끝에
피가 돌았다

소년은 과묵해졌고
그가 두고 온 숲에는 눈이 내린 듯했다

교향시

전쟁이 끝난 뒤, 사람들은 간헐적으로 살아 있었다. 다리를 잃거나 돌아가야 할 곳을 잃은 많은 이들의 영혼은, 크리스마스트리에 매달린 장식용 알전구처럼 번갈아 깜빡였다. 한번 신은 군화를 죽기 전까지 벗을 수 없다는 사실을 깨달아버린 사람들은, 살기 위해 쉼없이 춤을 추거나 밤마다 이야기를 해야만 하는 어떤 사람들의 삶을 이해할 수 있었다.

1.

요제프 수덱은 이탈리아 전투에서 오른팔을 잃고 고향인 프라하로 돌아와 사진가가 되었다. 귀환 후 매일 밤, 그는 잃어버린 팔을 찾아 숲을 헤매는 꿈을 꾸었다.

새벽안개 속이었다. 거대한 횃불을 든 그림자들이 다가오고 있었다. 나무들이 술렁였고 나무 사이로 그림자들은 끝없이 끝없이 쏟아져나왔다. 그는 어깨에 삼각대를 메고 맹렬히 앞으로 걸었다. 그의 등뒤에서 올빼미 한 마리가 울기 시작했다. 동이 터오고 있었다. 눈이 멀 듯한 공포 속에서, 그는 희미하게 뜬 눈으로 고개 들어 태양을 바라보았다. 그때 그의 왼손이 말했다. "멈춰. 바로 여기가 네가 네 팔을 잃은 곳이다."

수십 년간, 그는 혼자 살아 있다는 고통을 천천히 깨달아야 했다. 단 하나의 친구가 있었다. 프라하성의 수석 건축가였던 벗은 전쟁을 기억하는 유일한 이였다. 둘은 오래된 벽난로 앞에 앉아 타오르는 불길을 바라보며 그러나 아무 말도 하지 않았다. 수덱의 방문이 우정 때문이 아니라, 건축가가 소유한 아름다운 정원 때문이라는 소문이 돌기 시작했다.

2.

그는 친구가 죽고도 종종 정원을 찾아갔다. 그곳에서 주인 없이 버려진 뒤뜰의 의자를 촬영했다. 날이 저물자 나뭇가지의 거미줄 위로 희미한 빛이 엉겼다. 어디선가 물소리가 울렸고 동심원의 파장을 따라 그는 점점 더 깊은 침묵 속으로 들어섰다.

친구는 뒷모습으로 앉아 있었다. 죽은 나무둥치로부터 어둠을 옮기는 벌레들을 지켜보고 있었다. 어둠은 불씨처럼 다른 나무로 화르륵 옮겨붙었다. 그는 작별 인사를 하듯, 중절모를 벗어 친구의 발치에 내려놓은 뒤 영원히 정원 문을 걸어 잠갔다.

3.

수덱은 말년에, 이전 세기를 살았던 한 작곡가의 고향을 찾았다. 모라비아의 숲은 그 내부로 향하는 오솔길에, 체처럼 촘촘히 빛을 흩뿌려놓고 있었다. 구월의 가을이었다. 그는 쏟아지는 빛 속에 있었다.

바람에 스러진 거목을 지날 때, 그는 죽은 나무가 가지를 뻗으며 중얼거리는 소리를 들었다. 땅에 떨어진 검은 잎 하나를 주워들었다. 무언가 살아 있었다. 그는 그의 손안에서, 고요히 숨쉬는 늙은 숲의 심장을 바라보았다.

불새의 춤

국경을 넘을 때였어. 어둠 속에서 누군가 나를 쫓아오고 있었지. 소리나는 쪽으로 귀를 기울였어. 온몸이 귀가 된 듯했지. 그때 세계의 적막은 바늘처럼 날카롭게 내 등에 내리꽂혔어.

나는 빠르게 걸었어. 하지만 달릴 수는 없었지. 소리내지 않으려고, 으스러지도록 주먹을 쥐었어. 한겨울이었지. 입에서 입김이 흘러나왔어. 누군가 국경을 넘는 나를 보았다면, 나는 나의 유령처럼 보였을 거야. 그때 무언가 내 귓가에 속삭였어. "두려워." 나는 주위를 두리번거렸어. 그러자 그것은 다시 속삭였지. "나는 너무 두려워."

그것은 나의 혼이었어. 혼은 바스락거리며 떨고 있었지. "나도 두려워. 하지만 가야 해. 여기서 멈출 순 없어." 나는 혼에게 답했어. 나의 혼은 몸밖으로 새어나오고 있었지. 붙잡을 수 없었어. 붙잡을 수 없다고 생각했어. 나는 내게서 차츰 멀어지는 혼을 느끼며 흐느꼈어. 혼과의 마지막 작별을 기억하려고 애써 등뒤를 돌아보았지.

그때였어. 국경선이 거대한 뱀처럼 다가와 나의 목덜미를 휘감은 것은. 놀라서 나는 그 선을 뿌리쳤어. 국경선은 다시 내게 달라붙으며 아프게 살갗을 파고들었어. 나는 선을 떼어내고서 앞으로 앞으로만 달려갔어. 광막한 국경선은 파도처럼 출렁이며 집어삼킬 듯 나를 따라왔어.

선은 이제껏 하나의 경계일 뿐이었는데, 선이 움직이자 세계의 경계가 한없이 넓어지고 있었어. 출입국관리소와 국경을 지키던 이들이 잠에서 깨어나 하나둘 불을 밝히기 시작했어. 경비견들은 쇠사슬을 끌며 컹컹 짖어대고 곳곳에서 군홧발 소리가 들려왔어. 두려워 나는 선을 끊어버리고 싶었어.

나는 날카로운 돌로 선을 찢고 또 찢었어. 하지만 선은 덩굴처럼 금세 다시 자라났지. 나는 불로 선을 태워보기로 했어. 바싹 마른 나뭇가지처럼 선은 활활 불타올랐어. 어른거리는 불꽃 주위로 주인 잃은 혼들이 하나둘 모여들었지. 혼들의 목소리가 커지면 불이 커지고, 혼들의 목소리가 잦아들면 불은 사그라들었어. 일렁이는 불꽃 속에 나의 혼은 없었어. 묵묵히 나는 돌아섰어.

그날 이후, 오직 선만이 나와 함께였지. 선은 불타면서, 영원히 불타면서 나를 따라왔어. 나는 이제 지도에 없는 땅을 걷고 있지. 나의 고향은 불타는 날개를 가진 검은 새. 세계의 혀처럼 붉은 선은 언제까지고 나의 뒤를 쫓고 있지. 아니, 내가 바로 그 붉은 선이지. 국경을 넘는 자의 목덜미를 움켜쥐고, 제 영혼마저 떠나보낸 자를 놓아주지 않는, 그자

— 를 삼켜버린 채 말하고 있는 내가 이 세계의 붉은 선이지.

—

4부

꿈을 꾸다, 아버지를 토하는

이방인

빛은 잘 들어옵니까

이상하지,
세입자가 관리인에게, 그리고
우리가 죄수에게 묻는 질문이 동일하다는 것은

불 꺼진 독방의 내부는
누군가 두고 간
볼펜 잉크처럼 캄캄하다는 거,
의도 없이도 흐른다는 거

처음 타본 비행기와
어깨가 기울어진 한 남자의 뒷모습

그의 휘파람을
존경한다고 교도소장은 말했다
크고 두터운 손으로, 아버지처럼
내 머리를 쓰다듬으며

그래, 바람은 불어옵니까

진주식당의 여자는 국수 대신
빨래를 솥에 넣었고

예수기도회의 붉은 자전거 옆에는
북경반점 오토바이가

모든 질문엔
전학생의 시점으로
생각했지

경도와 위도 선상에서
초조해질 때마다
별들 사이에 길이 있다는 건, 더 확고해졌으니까

동료의 이름이 적힌 쪽지를
삼키는 연습을 하는
수배자처럼

배후가 없는 비밀이 몸속을 떠돌고

깡통 속엔
씹다 뱉은 성냥들이
붉게 차오르곤 했다

시간이 다 되었습니다

더 말할 것은 없습니까

들판 같은 책상 위로
캥거루 한 마리가 뛰어간다

빛은 잘 들어옵니까
바람은 불어옵니까

이상하지,
가둘 수 없는 것의 안부를 묻는 일

어디선가
새들의 농담이 들리고

그의 내부를 바라본 것은, 저 나무가 유일하다

폴림니아 성시*

기억합니까
처음 페달을 밟고
혼자 앞으로 나아가던 순간을

얼마나 더 가야 하나요
대답은 없고
룸미러에 매달려 흔들리던
작은 성상(聖像)

어머니에게로
누군가의 팔에 안겨
최초의 울음을 터뜨리기 위해

그는 달리고 있습니다
열대어의 알처럼
산란하며 어깨에 내려앉던 오후의 빛
아이들의 함성
펄럭이는

사이프러스를 닮은
연기 속으로 들어설 때

타오르는 불을 바라보며

시간은 모든 서명을 지워버렸지요

어디에서 왔습니까
나는 도처에서 왔습니다 심야 버스에서, 매일의 식탁에서
핀으로 나비의 날개를
고정하던, 빈 교실의 작은 책상으로부터

옮겨가기 위해
살았습니까
아니오 나는 결코…… 아무도
아무것도 움직이지 못했어요

어둠 속, 성호를 그으며
무릎을 꿇을 수밖에
손과 발을 묶어달라고 간청하는
꽃다발의
무력한 자세로
제각기 기도할 때

더 높은 곳에서
바라보는 시선이 있어

흰 새는

날아오르고 있었지요
거대한 그물에 갇힌 형제들을
끌어가듯
한없이 느린 속도로

세계가
조금 전진한 것 같았습니다

* 차학경, 『딕테』.

파도가 묻다

냉장고 위로 『세계철학사』가 쌓이는 시간. 버리지 못하는 것들로 인해 위독한 밤입니다. 당신은 오지 않고, 당신은 비에 젖어가는 옷깃. 지금쯤 어느 골목을 헤매입니까.

퇴각하라. 사복 입은 남자들의 호루라기 소리를 듣는 밤입니까. 내 방 벽에 걸린 꽃이 말라가고 있습니다. 박쥐처럼 그렇게, 거꾸로 매달리기도 하는 밤입니까.

물속에서 눈뜨는 밤입니까. 어린 나는 그네를, 자꾸만 그네를 탔고 누구에게도 공중을 빼앗기고 싶지 않고, 그것만은 나의 것. 쇠사슬의 맛이 피 같아, 지상으로 내려오고 싶지 않았습니다.

반지층의 빛이 적요로운 시간이었습니다. 모자를 눌러쓴 남자들이 두려워. 커튼을 친 어둠 속, 아름다운 여선생은 가는 팔로 나의 목을 껴안았습니다.

믿겠습니까. 거리 한가운데 타오르던 흰 불과, 버스 문이 열린 순간 내가 떨어뜨렸던 색연필의 찬란한 빛깔들을. 손수건으로 얼굴을 가리며 기침하던 사람들 틈에서, 엄마의 다리 사이에 앉아 이 풍경을 내가 보았다면.

엄마는 부적을 받으러 떠난 집에 혼자 남아, 종일 햇빛을 모으고 있었다면 결국은 마음 때문입니까. 아니면 무관합니까 우리는. 꽃다발을 들고 거리로 나오던 졸업생들처럼 아름다움을 향해 쏟아지고 있는 게 아니었나요.

물러나라. 목적어가 없는 피켓을 들고 당신들은 불시에 흩어집니다. 그렇게 햇빛이 사라진 곳에서 어느 날 다시 눈을 뜹니까. 엎드려 손을 머리 위로. 명령어로 이루어진 세계에서 여전히 손과 발이 없는 감정을 연습합니까.

바다의 뼈가 부서지는 소리를 들으며 파도는 묻습니다.

아버지,
나의 피는
검게 수직으로 고동칩니까.

낙하하는 온점

계십니까
붉게 빛나는 등을 올린
검은 지프에서
한 남자가 내린다

마루 한 끝에 앉아
지루하게 나는 사탕을 먹고

얘야, 창문은 없고
거울만 있는 방에 갇히면 누구나
입밖으로 손 내미는
자신의 비명을 보게 되지
아무도 아무것도 돌아오지 않을 거야
그런데도 기다릴 거니

혼자 남은 빈집
개미 한 마리 한 마리
대야에 집어넣고
차오르는 물소리

닿았던
모든 윤곽이 엉켜 있는
빈손의 무력함으로

엎드려 있을 때

창밖에
흩날리는 눈

상여를 들쳐 멘
행렬을 지나

바람개비를 돌리며
아이들은 달려오고

튤립, 무덤, 죽은 새의 가슴……

그 거리, 바람이 호명할 때
흔들리는 존재들이 일제히 뒤돌아보는

말줄임표
아버지의 말줄임표
온점 온점 그리고 온점
천천히 허공에 구멍을 뚫듯
낙하하는
눈송이들

어두운 숲의 서커스

글자들의 영혼을 본 적이 있느냐고 물었던가
꼭 이런 밤이었지

사랑하는 곡예사 여인의 육체에서는
오직 페이지를 넘기는 소리
바람, 빛, 닿지 못할 먼바다

손가락으로 줄을 긋다
페이지 위에
살갗이 날카롭게 스쳤을 때

왜 자신을 가두는지 물으며
피는 쏟아졌지
쏟아져야 했다
모든 길목이 막혀 있었으니까

용서하겠니, 백야의 거리
엎지르면 치우고 다시 엎질러도 닦아주는
죽음 같은 웨이트리스의 기다림을
어루만져줄 수 있는 두 손과 입맞춤을 살 수 있는 곳, 그래도
입맞춤이 있다면

이해할 수 있겠니
'체포'란 아름다운 단어라는 경사의 말, 손으로 눌러쓰는
마지막 편지, 너의 체온이 아직 뜨거울 때
내 등에 업혀 숨을 거두었던
그날 이후

시위가 끝난 밤이면
유령처럼 되돌아와, 아직도 혼자 행진을 계속하고 있니
붉은 글씨를 몸에 새긴
수도자들 속에서
수 년째 마주치는 저 절름발이 남자처럼

그러니 용서하겠니
외투를 열면
한 무리의 비둘기가 날아가고
불타는 얼굴로부터 꽃을 피워내는 마술, 어느 날 상자에서
내가 사라지는 마술을

*

온몸에 쇠사슬을 묶었다
스위치를 내려라

이제 깊어진다
밤이 된다 똑바로 된다

고해(呱咳)

1.
사랑하지 않지, 텔레비전을 켜둔 모텔 방
침대 위에서 리모컨으로 채널을 돌리는 당신은
내 허벅지에 다른 손을 뻗거나
목을 조르며
뒤를 파고들 뿐이지

창밖엔 진눈개비 흩날리고, 이 골목이
거리거리가
더러운 비닐을 덮고 누운
남자의 살냄새

쇼윈도 앞
쓰레기차가 지나간 자리
누군가 핏빛 오수를
튀기며 걸어가고

저기, 비명처럼
묶어도 새어나오는 것

2.
불 켜진 창문이라면

어디든
두드리고 들어가
용서를 구해야 할 것 같았다

하수구에는
피우다 버린 담배, 침을 뱉듯 떨어진
나뭇잎들

먼 창 너머
몸을 씻는 사람

쿨렁거리며
누군가의 피와 내장이
발아래로 흘러가는 소리

3.
이 방의 거울은
낮게 붙어 있어
얼굴이 보이지 않는다

베개 맡에는
다른 사람이 자고 간 냄새

텔레비전에서는
울부짖는, 흐느끼는, 깔깔거리며
살점을 뜯는 소리

끝나가요, 칼을 든
정육점 여인이 기다리는 손님에게 말하듯
등뒤의 당신에게

끝나가요
거의, 모든 것이

겨울밤의 연인

1.
그녀는 기도하듯 두 손으로 얼굴을 감싸쥐었다
청소하는 여자가 대걸레로 그녀가 게운 것을 닦고 있었다

모르는 사이였지만 어머니와 딸처럼 말이 없었다
청소하는 여자의 손이 그녀의 어깨를 가만히 흔들었다
그녀는 고개를 들지 않았다

열차에서 한 남자가 내렸다
망설임 없이 그는 걸어와 여자의 머리채를 움켜잡았다
그녀의 눈이 한 번 희번득하더니
흐느낌이 멎었다

남자가 여자를 놓아두고 걸어갔다
여자가 남자에게로 달려갔다

그들은 어느 틈에 팔짱을 끼고 계단을 올랐다
바닥의 물기가 말라갔다

2.
밤의 고궁을 걷는 일이 있다
길목을 돌아 어둠 속에서 솟아오르는 그들은 연인이다

마주친 그들이 감추고 있는 것은
그 겨울밤의 일이다

은영에게

퇴근길, 버스 안에서
한 남자가
좌석 하나에 넘치는 몸을 기울여올 때

영혼이 한 개 반이거나
둘 혹은 셋인 사람들이 느끼는
감정을 생각해

풍향계가
자기도 모르게
바람의 마음을 가리키듯

알 것 같아
식당에서, 반듯하게 접힌 냅킨에는
반드시 그만큼의 슬픔이 깃들어 있다는 걸

격자무늬의 테이블보와
에이프런,
주문서의 숫자들
그들의 질서에는, 반드시

거리를 걷다보면
곳곳에서 거울로 된 심장을

부수는 연인들

흰 돌 다음 검은 돌
검은 돌 다음 흰 돌
나무판 위에라도
다시 집을 짓는
노인들

해질녘 집 없는 개처럼
급식소 앞을 기웃거리며
밥 먹는 순서를 두고
싸우고, 또 싸우면서……

이 도시에서
나와 같은 이름을 가진 소녀들은
모두 한 아버지의 사생아일지도 모르고

길목마다 버린 딸들에게
같은 이름을 주고 떠난, 세상 어디에나 있는
그런 아버지

한밤, 이름할 수 없는 슬픔이 나를 찾아와
불을 끄고 창밖을 바라볼 때면

응답처럼
먼 곳에서 불이 켜지고

나는 0과 1의 세계에서
9를 잃어버린 것처럼
너를 떠올렸지

만난 적 없는
나의 자매,
이 슬픔은 내 것이 아니라, 너의 것이라고

5부

노래하다, 발이 없는 나의 여인

기도하는 저 손을

견딜 수 없어

거리를 기어가며
구걸하는
남자의 흰 손

세상의 빛은
모두 저곳으로 모이지

이 빛을
당신은 알겠습니까
그는 묻는 듯하고

미안합니다 미안합니다
앵무처럼
나는 거듭 말했지만

이 세상
그 어느 거리에서도
그는 나를 따라왔어

금지된 구역으로 가지 마시오
이제 이 길은 폐쇄됩니다

견딜 수 없어
부서지는 거리마다 들어서는 가벽들
그 위에 스프레이로 새겨지는
카타콤의 붉은 표식들

죄를 짓기 위해
더 높은 사원을 세우고

늙은 여자들이
목 없는 귀신처럼
수레를 끄는 도시

고개만 돌리면
사방이 벽돌 더미인 이 도시는
지하로부터 솟아오른
무덤 같았지

견딜 수 없어
저 남자
기어코 배로 바닥을 밀며
질질 기어가는
저 더러운 남자

저 남자를 보라
그의 더러운 흰 손에
바늘을 꽂고
물레를 돌려 붉은 피를 뽑아라

기억해
내가 도망쳐온
그 무수한 거리에서

지하 세계로부터
이 세계를 향해
오늘도 기도하고 있는
저 손을

저 손에서 흘러나온
붉은 피가
내 속을 흐르는 고통을

사과를 그리는 법

전화가 오지 않았다

교회 주보 위에
사과를 하나 그렸다
다른 사과를 그리고 또다른 사과를 그렸다

처음 그린 것은
역삼각형의 뾰족한 사과였다
다음은 작은 사과가 올려진 큰 사과

사과를 그리는 동안
청년 예배 목사님은 이스라엘을 찬양했다

나의 주보 위로
대기를 찢는 굉음을 울리며
폭탄이 터지고

곳곳에서
굶주린 개들이
팔 벌린 주검을 헤집으며
이빨을 번뜩일 때

다친 밤은

끝없이 붕대를 감고 있었다

살아 있다는 기쁨과
살아남았다는 고통 속에서

병상에 누워 있던
한 소년이
깨진 창문을 가린 나무판 위로
그림을 그리기 시작했다

작은 나무 한 그루가 그려진 창문이었다

밤새 창밖으로
바람이 불고 비가 내렸고

그 나무가 자라나
바람결에
열매 떨어지는 소리를
들은 것도 같았다

기다렸다고 말하지 않는다

사랑하는 이에게,

잘 그린 사과 하나만을 꺼내어 보여준다
창밖의 기린이 떨어뜨리고 간
검은 별 모양의 사과

죽은 꽃이 우리를 지켜본다

미국군이 이라크를 침공한 첫날이었다.

나의 정치학 선생은 아름다운 사람이었다. 비통한 얼굴로 그녀는, 백 명 가까운 학생들이 앉아 있는 강의실에 들어섰다.

일어나선 안 될 일이 일어났습니다. 밤새 잠을 이루지 못했습니다.

강의실의 벽시계는 멈춰 있었다. 선생은 창밖을 바라보았다. 관객처럼, 학생들은 그녀를 바라보았다. 실내로 빛이 스며들고 있었다. 스며든 빛으로 공기의 입자가 어른거렸다. 그것은 누군가의 혼 같기도 했다.

이건, 누가 가져다놓은 건가요.

교탁 위에, 크고 붉은 장미 한 송이가 놓여 있었다. 나는 침묵했다.

어느 밤 꿈속에서 이렇게 크고 붉은 꽃을 본 적이 있었다. 가위로 그 목을 도려낸 적이 있었다. 꽃은 죽어도 죽지 않는 두려운 생명이었다. 두려움 때문에 나는 이미 죽은 꽃을 헤집어, 죽이고 또 죽였다. 가시에 찔려 두 손에서 피가 솟을 때까지.

선생은 장미로 손을 뻗어 향을 맡았다.

저는 꽃을 좋아합니다. 가난한 대학원생 시절엔 밥은 굶어도 꽃을 사곤 했는데…… 아, 아름다워.

강의실에 앉아 있던 스무 살들이 하나둘 킥킥거렸다. 날카롭고 빛나는 유리 조각을 전학생의 외투 주머니에 몰래 넣어두었던 유년의 교실에서처럼. 킥킥, 킥킥, 병(病)처럼 웃음이 번져가는 동안, 조용히 나는 나의 두 손을 내려다보았다.

시리아의 유령들

더이상
문도 없고
열쇠도 없는 곳에서
말하고 또 말해야만 했죠

찢긴 하늘,
검은 연기가
끌고 간 그림자들에 대해

타오르는 교회당의 지붕
소리보다 빠른
비행기들

이 소리를 들었다면, 당신은 아직 살아 있는 것

그렇게 많은 날개들이
한꺼번에
부딪히는 것을
처음으로 보았고

붉은색
붉은색 붉은색
다시 붉은색으로 침몰하는

학살의 밤

그래서, 당신은 오늘도 미친 듯 밤거리를 헤매입니까

다리 위에서는
한 남자가 몸을 던져
소란이 일어나고

불심검문을 하는 경찰 앞에
하늘이
온힘을 다해
빛을 토해놓은 저녁

그래서 피로합니까
마지막까지
자신의 빛을 내몰며
쏟아진 것들로……

모든 떠오르는
발 없는 것들을 향해
아기들은 손짓하며 빙긋 웃고

안개가

우리를 호송하기 위해
여기까지 온 듯합니다

당신은 내가 보입니까

후쿠시마에서 인간은 기차처럼 긴 심연 모를 그림자다

원고를 교정했다. 후쿠시마 쓰나미에 관한 글이었다. 후쿠시마도 쓰나미도 내겐 멀기만 해서 나는 자꾸만 도망치려는 후쿠시마를 붙잡으려고 부엌에 서서 교정을 보았다. 도마 놓는 자리에 원고 뭉치를 내려놓고 나는 후쿠시마를 내려다보았다. 후쿠시마에는 강이 있었다. 도로가 있었고 육교가 있었고 신호등이 있었고 학교가 있었다. 바늘처럼 날카로운 정적이 흘렀다. 놀이터에서 주인 잃은 개들이 땅에 코를 박고 흙을 핥아먹었다. 세슘은 보이지 않는 문지기처럼 사람들이 떠난 땅을 지키고 있었다.

"오염된 바다. 그로부터 도시가 마멸되고, 여자들이 마멸되고, 아이들이 마멸되고, 가족이 마멸되고, 정신이 마멸되고, 이윽고 모든 것이 마멸되었다는 기억조차 마멸하고 마는 마멸의 마멸이 있다."

나는 '마멸'이란 단어에 밑줄을 긋고 연필로 "마멸…… 마멸?" 하고 적었다. '형해화'란 단어에도, '정신이 부러진다'는 표현에도 밑줄을 긋고 그 아래 썼다. "정신은 부러지기보다 부서지는 게 낫지 않을까요?" 원고 속에서 묵묵히 듣고 있던 저자가 내게 무언가 답하려 했다. 나는 서둘러 페이지를 넘겼다. 읽다보니 또 마멸이 나왔다. 문장 곳곳 숨어 있었고 행간마다 자꾸만 튀어나왔다. 마멸은 세슘 같았다. 사방에 대기처럼 스며들어 있었다. '이건 비문일 뿐이야.' 나는 숨쉬지 않으려 애쓰며 글을 읽었다. 머릿속이 아득해졌다.

어둠 속이었다. 나는 이 어둠 속에서 무언가가 나와 함께 숨쉬고 있다는 거북함 때문에 불을 켜려고 벽을 더듬거렸다. 아무리 더듬거려도 스위치를 찾을 수 없었다. 벽과 다른 벽이 이어지는 모서리가 나오지 않았다. 나는 내가 부엌이라 여겼던 작은 공간의 벽을 따라 걷고 또 걸었다. 천장에서 바닥으로 똑똑 떨어지는 물소리를 들었다. 물소리는 사방을 울리며 무한히 퍼져가고 있었다. 나는 거대한 귀가 된 듯 물소리에 온 정신을 집중했다. 그때 저멀리 두 개의 반딧불이 보였다. 그것이 점점 이쪽으로 다가오자, 나는 그것이 인간의 두 눈임을 알았다.

나는 터널 속을 달리고 있었다. 나를 뒤쫓는 자는 기차처럼 긴 그림자였다. 철길 한복판에서, 그림자의 두 눈은 나를 따라오고 있었다. 밤새 교정을 보던 원고의 저자가 어느새 나와 함께 도망치고 있었다. "후쿠시마에서 인간은 기차처럼 긴 심연 모를 그림자다." 그는 다시금 힘주어 말했다.

나는 뒤돌아보았다. 그림자 안팎으로 트리 장식처럼 반짝이는 강이 끝없이 끝없이 흐르고 있었다. 반짝이는 강은 생(生)들이었다. 후쿠시마에서 죽은 무수한 생들. 후쿠시마에서 살아남은 무수한 생들. 무수한 생들이 무한히 손을 맞잡은 실루엣이었다.

그림자 바깥을 떠도는 생들의 윤곽은 또렷했는데, 그림자 안으로 휩쓸린 생들은 투명한 녹(綠)빛으로 녹아 흐르고 있었다. "이것이 바로 내재하는 외부다!" 저자는 우리를 쫓는 그림자도 잊은 채 자신의 발견에 감탄했다. '아니야. 이것은 마멸의 환영이야. 이것이 바로 마멸이야.' 나는 그의 말을 교정하려 했다.

그때 나는 마멸이란 단어 속에서 구멍 뚫린 그림자를 보았다. 후쿠시마에서 인간은 오염되어 빛나고, 빛으로 구멍 뚫려 사라지는 그림자였다. '불티 같은 그 작은 생명 하나가 오늘밤 이곳까지 흘러들어 나를 찾아온 거야.' 나는 생각했다.

나라 없는 사람

잊지 못합니다
흰 개의 그 마지막 눈빛을
트럭에 태워지던 날, 자신의 운명을 물으며
찡긋거리던 검은 코의 물기를

어려서 알았지요
우리는 자라서, 어딘가에 실려 하염없이 떠나게 된다는 것을
곡마단 남자들을 보며 배웠지요, 그 여름
소독차가 동네를 한 바퀴 돌 때면
짖는 법을 잊은 개처럼
뒤를 쫓으며

연기 속에서 많은 친구를 잃었지요
돌아보지 않고 맹렬히 뛰다가,
내려치던 파이프 소리
벽돌, 유리병, 또 무언가가 차례로 부서지는 무서운 소리를 들으며
붙잡히지 않기 위해 살았지요

집이 없는 남자를 사랑했습니다
고백하던 그 손, 잊지 못합니다
부모가 없는

동시에 여러 나라에서 온 슬픔

다락방의 더러운 침대에서
물이 떨어지는 지붕을 바라보면서
저녁에 먹을 마지막 빵 한 조각을 아끼고 누워 있을 때
사랑은 멀고
슬픔은 아교처럼 엉겨왔지요

살고 있나요
신발만 남고
불타버린 현관 앞에서

그래요 나는 완전히 부서지지 않았죠

버려진 여자들이 박쥐가 되어 다시 태어났다

1.
상가교회 앞 만(卍)을 새긴
점집 깃발들

맞은편 골목 입구는
찢겨진 붉은 커튼으로
가려져 있다

안으로 들어서면
길게 쇼윈도가 늘어서 있고

모퉁이마다 유령처럼 앉아 있는
늙은 여자들

멈춰 선 벽시계처럼
각자의 어둠 속에서 기다린다

폐업한 정육점 앞
한 남자가 소리 없이 다가와
여자에게 값을 묻는다

희미하게 들려오는
교회 아이들의 찬송가 소리

여자가 고개 들어 바라본다

작은 창에서 흘러나온 음들이
빛의 성채를 쌓듯이 자꾸만 솟아오르고
흩어지는 것을

2.
학교에서 돌아온 남자아이가
두 손을 눈가에 그러쥔 채
어둠을 만들어
공사장을 엿보고 있다

누군가 철 계단을 오르는 소리
날카로운 것으로
내부를 찢는 소리가 들리고

구멍 뚫린 벽에서
시체의 즙액처럼
박쥐들이 쏟아져나온다

날개들이
사방에 피 튀기며

날아오른다

한 인부가
아스팔트를 덮은 흙을 쓸어내는 동안
다른 인부가 장갑 벗은 손으로
담뱃불을 붙인다

버려진 여자들이
박쥐가 되어 다시 태어났다

떨칠 수 없는 악몽이 있다

불꽃 어른거리는
그의 눈 속으로
박쥐떼가 쉼없이 몰려든다

세이렌의 노래

1.
부서지는 골목이 있다
영원히 부서지고 있는 나의 골목, 입구에는
이곳이 미로임을 알아볼 수 없도록
오래된 병원이 있고

휠체어 끄는 병든 여인, 별을 찾아 서성이기도
한낮 그늘 아래 졸기도 하고

골목에 들어서면
깨를 볶고 선지를 끓이고, 어느 집에선가
빨래 삶는 냄새

다정, 애수, 신세계, 은하수……
불 꺼진 간판 아래
흥얼거리며 흰 수건을 널고 있는 절름발이 여인이 있고

아가야, 아가 어디 갔니
쉰 목소리로 여인이 부르면
저기 길모퉁이에서 숨차게 달려오는
계집애 하나

2.
밤이면
집집마다 붉은 등을 켜던 골목

어느 날 철거반원이
붉은 글씨로 ○를 새겨넣던 골목에서

무언가
부서지는 무서운 소리로부터
나는 도망치고 또 도망쳤지만

웅덩이마다
날벌레가 들끓던 여름, 그 절름발이 여인의 음성은
반드시 나를 찾아왔고
어디선가 시궁창 냄새가 났다

3.
밀실의 복도,
불길한 운명을 떠올리게 하는
낯선 손에 이끌려 오래된 호텔에 들어설 때

보았다

붉은 카펫과 침침한 조명

사내는 샤워중이고
선물한 속옷을 입을 여인을 갈망하고

쓰다 버린 수건 위에
웅웅거리며 알을 까는
다른 세기로부터 온 벌레들

4.
부서지는 골목이 있다
영원히 부서지고 있는 나의 골목, 골목 끝에는
이곳이 미로임을 알아볼 수 없도록
희고 높고 빛나는 교회가 있고

그 속에
신을 가두고 찬송하는
사람들의 밤

아직도 눈감으면
인어의 운명을 지닌 여인이 부르는
노래를 들을 수 있다

비가 내리고
모든 것이 꿈처럼 흐른다 해도
사라지지 않는다, 그러니 나의 전부를 껴안아다오

발이 없는
나의 벌거벗은 여인은 노래한다

해설

당신 발자국에 내 발자국을 내며 걸었다

박상수(시인, 문학평론가)

1.

근원적인 슬픔을 이미 알아버린 사람의 문장은 언제나 우리를 천천히 걷게 한다. 빨리 걸어 슬픔을 지나치려는 목표 같은 것은 내려놓고 천천히 걷는 동안 슬픔을 이해하고 받아들이며, 그럼에도 사라진 것을 끝내 사라진 것으로만 두지 않으려는 사랑의 마음이 만들어낸 낯설고도 아름다운 세계에 느리게 매혹되는 일. 나는 장혜령의 시를 읽으며 자주 그런 경험을 하였다.

이런 감정이 처음은 아니다. 장혜령의 산문집 『사랑의 잔상들』(문학동네, 2018) 또한 시적이고 내밀한 독서 체험을 선물하는 책이며 그중에서도 내 눈길을 오래 사로잡은 문장은 이를테면 이런 것이었다. "끝내 이해할 수 없는 것, 해석이 불가능하기에 그저 바라볼 수밖에 없는 것들. 그런 것들이 마음을 붙잡는다."(171쪽) 일상의 감각만으로 살아온 사람에게 저 문장은 난해할 수 있겠지만 조금이라도 시를 가까이 읽어온 사람에게는 시의 본질, 시를 쓰고 읽는 사람의 마음을 담담하게 가리키는 말로 들리지 않았을까. 그래서 나는 산문집을 읽으며 자연스럽게 시집을 기다린 것 같다. 시야말로 저 '해석 불가능성'을 위해 바쳐진 장르라고 해도 과언이 아니니까.

같은 맥락의 문장은 장혜령의 소설 『진주』(문학동네, 2019)에서도 발견된다. "알 수 없는 것, 알 수 없다고 여겨지는 것, 그러나 이해할 수 없음에도 읽는 것, 끝까지 그

끈을 놓지 않는 것, (……) 그것은 사랑의 속성이기도 합니다."(21쪽) 여기에는 사랑의 속성을 발견하는 한 문장이 더 붙어 있다. 이해 불가능한 어떤 것을 인정하고 받아 안아서 들여다보고 써내는 일에 '사랑'이라는 이름이 붙여지는 순간 과거에 사로잡혔던 사람은 지금을 살아가는 사람으로 이동한다. 과거와 현재, 현실과 꿈, 다양한 텍스트가 중첩된 이 소설을 읽고 나는 사랑은 어떻게 상실을 겪은 자의 남은 삶을 심미적으로 이끌어가는가, 라는 궁금증을 갖게 되었다.

하나의 물결 안에서 교차하되 제각각 독립적인 빛의 무늬를 만들어내는 장혜령의 글이 가진 특성상, 시집을 읽으며 산문집을 떠올리고 소설을 참조하여 시집을 읽는 일은 자연스러운 일이기도 할 것이다. 다만 무엇보다도 장혜령의 첫 시집을 한 권의 독립된 책으로 읽을 수 있게 되었다는 것이 더할 수 없는 행복으로 느껴진다. 시라는 장르와 만났을 때 장혜령의 '사랑'은 밀도 높게 아름다워지며, 스스로를 회복할 수 없을 것 같았던 슬픔도 사랑의 은은한 열망으로 전환된다. 여기, 어쩔 수 없이 사랑을 떠나보낸 자의 옆모습, 아래로 가만히 내리깔린 시선과 이어지는 오후의 역광, 혼자만의 넓고 고요한 책상, 불투명하게 찰랑이는 온기 같은 것이 실내의 먼지와 함께 느린 호를 그리며 움직이고 있다.

2.

장혜령의 세계에서 명백한 것은 사소하게 잊히고, 명백하지 않은 것은 두고두고 남는다. 명백하지 않은 것을 누구보다 정밀하게 또한 오래 들여다보며 장혜령은 어둠이 다 같은 어둠이 아님을, 빛이 다 같은 단계의 흰빛이 아님을 구분해낸다. 같은 것처럼 보이는 사물 혹은 상태 사이에서 유일한 무언가를 구분해내려는 듯이 시인은 대상에 대한 응시를 멈추지 않는다.

그 응시를 통해 우리는 이런 미려한 장면들을 만난다. 비와 함께 다가와 나의 이마를 짚어보고 떠나는 사람(「물의 언어」), 고요히 물결치는 백(白)의 내부—그 옅고 짙은 빛의 계조(階調)를 따라 발자국 없이 걸어가는 소년(「백」), 검은 돌을 책상에 올려둔 채 고요에 귀기울이면 문득 걸어가는 검은 돌의 소리가 들리는 것 같은 장면(「검은 돌은 걷는다」), 수용소의 하늘에 비행기로 시를 쓰는 군인과 토성의 고리가 레코드판처럼 회전하는 소리를 받아 적는 누군가의 이야기(「토성의 고리」)와 같은 이미지들이 그것이다. 이 장면들은 상식적이고 역사적인 시간의 전개를 문득 정지시키고 한때의 기억을 지금 여기의 고요한 미광으로 살려내며 바꾸어낸다는 점에서 무한히 신비로운 느낌을 준다.

"글쓰기란 잃어버린 것의 시간을 취하기, 귀환할 시간을 갖기, 잃어버린 것의 귀환에 협력하기이다"(파스칼 키냐르, 『혀끝에서 맴도는 이름』, 문학과지성사, 2005, 108쪽)라고 한다면, 장혜령의 시쓰기야말로 잃어버린 존재의 귀환을 위해 바쳐진 것으로 보인다. 장혜령이 글을 쓰기 시작하는 순간 과거의 존재가 문을 두드리고 이쪽으로 건너온다. 귀환한 존재는 해석의 반복에도 닳지 않고 담담히 거기 있다. 두고두고 떠오르면서, 끝내 사라지지 않는 방식으로 점점 더 아름다워진다. 명백하게 파악할 수는 없지만 명백하지 않아서 오히려 흔적과 여운으로 풍성하게 번져나가며 흔들리는 이미지의 세계. 장혜령의 첫 시집에서 우리는 이처럼 쉽게 이해할 수 없고, 명백한 해석이 불가능해 보이는, 그래서 오래 마음을 붙잡아두는 슬프고도 아름다운 이미지를 자주 만날 수 있다. 그중에서도 인상적인 한 편의 작품을 읽어보자.

우리는 천천히 걷기 시작했다. 어느 날 눈발이 흩날리는 길 위에서 그는 내게 유키에 대한 이야기를 들려주었다.

그에겐 일본인 아내를 둔 아일랜드인 친구가 있었다. 친구의 여자는 딸을 낳고, 아이에게 유키(雪)라는 이름을 붙여주었다. 아이는 이듬해, 병으로 죽었다.

마치 눈처럼 사라졌어.
그에게, 유키는 Snow와는 다른 단어였다. 그는 Snow를 눈으로, 유키라는 단어를 죽음과 아름다움 사이의 것으로 기억했다.

부부는 유키가 죽은 몇 년 뒤, 아이를 가졌다. 아이는 유키와 같은 딸이었다. 딸이 자라서, 소녀가 되고도 그들은 유키에 대해 말하지 않았다.

—「눈의 손등」 부분

등단작 중 한 편인 이 시를 지면으로 처음 읽었을 때의 아프고 아련했던 감각이 다시 떠오른다. 흰 작약의 꽃잎을 낱개로 굳이 분리하여 셈해보는 일은 아름다움과 어울리지 않고, 장혜령의 시와 어울리지 않지만(그래서 장혜령의 시는 '해설'이라는 장르와 충돌한다) 약간의 이해를 위해 다음과 같이 서사를 요약해볼 수는 있겠다.

① 발을 심하게 다친 시적 화자와 무릎을 다쳐 한쪽 발을 절고 있는 남자. 남자는 화자에게 '유키'에 대한 이야기를 들려준다.

② '유키'는 남자의 아일랜드인 친구와 그의 일본인 아내 사이에서 태어난 딸의 이름. 한자로 눈 설(雪)자를 의미하는 유키는, 태어나서 일 년밖에 살지 못하고 세상을 떠난다.

③ 유키가 죽고 몇 년 뒤 태어난 두번째 아이는 언니의 이야기를 알지 못한 채로 소녀가 되고, 일본어 교본을 들여다보며 우연히 유키라는 단어를 설명하기 위해 함께 놓인, 『설국』이 쓰였다는 니가타현의 사진을 들여다본다.

④ 백 년 전 눈의 고장으로 가는 기차 안 풍경. 거기 병든 애인의 머리칼을 하염없이 쓸어넘기는 여자. 애인을 바라보는 여자의 시선은 마치 눈과 같다.

⑤ 마치 눈을 닮은 그 여자를 바라보는 또다른 여행자. 기차에서 내린 뒤, 그는 자신의 여자를 만나 함께하고, 붉어진 여자의 등을 보고는 '눈의 따뜻함'에 대해 생각한다.

⑥ 다시 유키의 아빠(발을 절고 있는 남자의 아일랜드인 친구)로 초점이 바뀌어, 그는 슬픔 속에서 책의 서문 마지막에 "꽃잎처럼 져간 사랑하는 딸을 보내며"라는 문장을 덧붙인다.

⑦ 유키의 아빠는 꿈에서 딸을 만난다. 겨울 추위 때문에 딸의 손등이 붉어졌고, 또다른 꿈속에서 꽃잎이라는 글씨가 담긴 술잔으로부터 글자를 건져내자 종소리를 듣는다.

⑧ 다시 명동으로 가는 4호선 전철 안, 무릎을 베고 누운 어린 아들의 얼굴을 가만히 들여다보는 엄마. 오래전 본 것 같은 그 장면 안에서 시적 화자는 아이의 얼굴 위로 투명한 흰빛이 떠오르는 것을 본다.

다시 읽어봐도 연속되는 서사와 아련한 이미지의 중첩으로 희게 눈이 부신 작품이다. 그 여운 속에 잔잔히 머물면서, 만약 이 시에서 '결정적 이미지'를 하나만 고르라면 많은 사람들이 ②③⑥⑦에 걸쳐 있는 '유키'의 이미지를 고르지 않을까 생각해본다. 그러면서도 나는 이상하게 ④ '병든 애인과 그의 머리칼을 하염없이 쓸어넘겨주는 여자의 이미지'에 마음이 쓰인다. 시간적으로 보자면 가장 오래된 이 이미지는 애인이 결국 회복할 수 없을 것 같다는 예감 때문에 서글프고, 머리칼을 쓸어넘겨주는 애정 표현 말고는 해줄 수 있는 것이 없어 아파하는 여자의 순정한 사랑 때문에 잊히지 않는 이미지가 된다. 이 '결정적 이미지'는 장혜령의 시에서 자주 반복된다. 시공을 초월한 관계로 유사하게, 그렇지만 조금씩 다르게 변주되며 움직인다. 예를 들어 성당 뒤편에서 혼자 서성이는 남자와 성당 안에서 기도하는 여인의 이미지가 그러하다(「청량리」). 그렇다. 장혜령의 이미지는 정지해 있지 않고 끊임없이 움직인다. 인용 시에서라면 백 년 전의 이미지가 박제되어 시간 속에서 스러져가는 것이 아니라 저온 보관된 이미지로 생동하며 여행자와 여자의 이야기로, 다시 유키의 죽음과 그후 꿈에서 유키를 만난 아버지의 일로, 4호선 전철 안 엄마와 어린 아들의 이미지로 은은하게 흘러가고, 미묘하게 이어져서는 마침내 겹친다.

시공을 초월한 이 만남은 온전히 장혜령이 ①~⑧에 이르는 이 다채로운, 산발적인 미광을 호명하여 몽타주해내기 때문에 가능해진다. 이러한 주체의 버팀과 열망, 그리고 능력이 바로 장혜령이 말한 '사랑'의 실체가 아닐까. 시인의 사랑을 통과하면 과거는 과거로 스러지는 것이 아니라 지금과 만나 새로운 잔상을 만들어낸다. 장혜령은 죽었다고 말해진 것이 결코 죽지 않았다고, 그것은 없어진 것이 아니라 여전히 잔존한다고 말하기 위해 '시대착오적인 유령'(디디-위베르만)을 지금 여기에 출몰시키려 그토록 애쓰는 사람인지도 모른다.

따라서 장혜령은 오랜 시간을 들여 다락방에서 오래된 책을 꺼내온다든지(『천 하룻밤의 꿈』), 『돈키호테』의 원저자가 세르반테스가 아니라 눈 속에서 아름다운 흰 불이 타오르는 아랍인이었다든지(『모래의 책』), 일억 년 전 생겨난 토성의 고리가 음악소리를 내고 있다든지(『토성의 고리』), 세계대전에서 오른팔을 잃고, 주인 없이 버려진 아름다운 정원을 사진으로 찍은 요제프 수덱(『교향시』)이 등장하는 그 많은 불가해한 이야기와 이미지를 창안해낸다. 독특한 이력을 가진 대상 혹은 존재들이 '덧없는 아름다움'과 연관되거나 '덧없는 아름다움'을 위해 자신을 바치는 이야기를 읽노라면 삶에 이것 말고 무엇이 더 필요할까, 라는 작은 탄식을 내뱉게 된다. 그렇다. 이들은 전부 '시대착오적인 유령'이고 덧없는 일에 몰두하기 때문에 아름답다.

다시 인용 시로 돌아가자면, 시의 전반을 감싸안는 눈의 덧없는 속성과 그 비유적 맥락의 정밀한 확장, 유키, 꽃잎, 기차, 여행, 설국, 백지, 배면, 술잔, 종소리와 같은 어휘가 만들어내는 순간적이고 감미로운 감각, 일본과 한국, 아일랜드의 다른 존재들이 온화하게 섞이고, 꿈과 현실이 서로를 보충해내는 착란의 부드러운 운동성, 마침내 백 년 전의 이미지가 옛이야기처럼 굽이치며 누군가의 입을 통해, 뜻하지 않은 꽃잎의 겹침으로 살아남아, 눈처럼 아름답게 이 세상에 왔다가 금세 녹아 없어지고 말았던 유키의 이미지로 두고두고 살아 있게 된다. 인간의 역사 속에서 유키는 사라졌지만 이미지의 세계, 시의 나라에서라면 되살려낼 수 있다. 장혜령이 만들어낸 저 아름다운, 그래서 시적인 이미지 안에 유키는 없지만 존재하고, 죽었지만 살아 있다. 백 년 전의 '아픈 남자와 그를 어루만지는 여자'도 마찬가지일 것이다. 옛날의 이미지는 새롭게 피어난다.

3.

1부와 2부, 3부의 시들을 읽으며 우리는 매 시편을 이와 같은 풍요로운 이미지의 중첩과 확장 속에서 살아낼 수 있다. "산수국 꽃은 밤의 혈관 같았다. 얇은 꽃잎의 잎맥에서 흘러나온 푸른 피가 밤을 물들이고 있었다"(「정원사」)와 같은 이미지를 따라 밤을 상상하며 몽상을 펼쳐나갈 때, 이 짙은 수국의 향을 어찌할 것인가. "꿈결에도 잊히지 않는 이가 있고 잊을 수 없는 계절이 있다. 이 밤의 꽃은 불이다. 사내는 흰 불을 움켜쥐고 간다"(「흰 불」)라고 했을 때, 부서지면서도 걸어갈 것 같은 저 잊히지 않는 존재는 누구이며, 흰 불이 일렁이는 이 밤은 무엇 때문에 처연하게 슬픈가.

이쯤 되면 이 독특한 이미지의 창안과 존재 기술의 감각은 어디에서 온 것일까 궁금해진다. 전체 5부로 나누어진 이번 시집 중에서도 4부의 시편들을 읽다보면 시집의 분위기가 조금 바뀌는 것을 느낄 수 있다. 특히 '꿈을 꾸다, 아버지를 토하는'이라는 부제목을 읽으면 장혜령의 시적 화자에게 '아버지'가 해소되지 않는 슬픔의 기원은 아닌지 묻게 된다. 이것은 전작인 소설 『진주』에서도 이미 해체적인 산문의 구조로 드러난 바 있다. 민주화운동을 했던 아버지는 가족들에게는 늘 부재하는 존재였던 것 같다. 대의를 위해 자신을 희생했지만 누구에게도 기억되지 못한 채로 희미해져가는 아버지에 대한 연민과 애증으로 소설 속 주인공은 오랜 성장통을 겪는다. 여기에 이번 시집 4부에 실린 「이방인」 「폴림니아 성시」 「파도가 묻다」 「낙하하는 온점」 「어두운 숲의 서커스」를 중첩해 읽으면 어떨까.

이 시편들에는 '교도소장' '수배자' '세계철학사' '사복 입은 남자의 호루라기' '검은 지프' '시위' '체포' '한 아버지의 사생아'처럼 군사독재 시절의 비극을 연상시키는 사실적인 단어들이 단단하게 박혀 있다. 아버지는 딸에게 (비유적인 의미에서) 다리를 다친 안쓰러운 존재이자, 그 다리를 이끌고 온몸이 부서져라 앞으로 나아가는 존재, 또한 다른 어른의 존경을 받는 자랑스러운 사람으로 기억되지만(「어두운 숲의 서커스」 「이방인」), 그럼에도 우리가 눈여겨볼 대목은 "아니오 나는 결코…… 아무도/ 아무것도 움직이지 못했어요"(「폴림니아 성시」)라든지 "닿았던/ 모든 윤곽이 엉켜 있는/ 빈손의 무력함으로/ 엎드려 있을 때"(「낙하하는 온점」)와 같은 시적 화자의 '무력감'이다. 수배중이어서 늘 집에 없었던 아버지. 경찰(혹은 기관원)이 집까지 찾아와 어린 화자에게 아버지의 행방을 추궁했을 때, 두려워 아무 말도 못하고 적극적으로 아버지를 변호하지도 못했던 때의 막막함이 어린 화자를 무력감으로 이끈 것은 아니었을까 짐작해 본다. 그 순간에 "말줄임표/ 아버지의 말줄임표/ 온점 온점 그리고 온점/ 천천히 허공에 구멍을 뚫듯/ 낙하하는/ 눈송이들"(「낙하하는 온점」)과 같은 '눈의 이미지'가 등장하는 것이 단순해 보이지는 않는다.

'백지 위에 찍힌 말줄임표'처럼 아버지는 눈송이들 위에 온점을 내는 '말없이 부재하는 존재'로 기억된다. 이제 '눈의 이미지'는 덧없는 아름다움을 암시하는 것이면서 동시에 아버지의 부재와 희생을 상기시키는 중요한 상징이자 배경으로 바뀐다. 어떻게 해야 아버지의 삶을 무가치한 것으로 전락시키지 않고 남길 수 있을까. 장혜령에게는 이에 대한 대답이 삶의 중요한 과제였던 것으로 보인다. 그것은 90년대 후일담 문학처럼 격렬한 파토스로 무장한, 잘 짜인 리얼리즘적 재현과 고발의 방법이어야 할까? 이런 질문의 와중에 장혜령의 시 세계를 결정짓는 매우 독특한 간섭이 발생한다.

4.

『진주』를 읽다보면 인상적인 에피소드 하나가 나온다. 어느 날, 어린 딸은 수첩을 많이 쓰는 아버지에게 '스누피가 그려진 스프링 수첩'을 선물한다. 하지만 딸은 아버지가 그런 수첩을 쓸 수 없다는 엄마의 이야기를 전해듣는다. 조직의 연락처가 적힌 수첩은 경찰에 잡히기 전에 삼켜버려야 하기에 아주 작은 것이어야 한다는 것이다. 소녀는 거기에 자신의 상상력을 더한다. 기밀이 담긴 수첩을 경찰에게 빼앗기면 큰일이 나듯이 자신의 글도 경찰에게 발각되는 것이 두렵다. 그래서 열 개의 상자를 만들어 가장 안쪽에 수첩을 넣기로 한다. "상자를 모두 열었을 때 나온 수첩을 그들이 빼앗아 펼쳐보기 전에 다 삼켜버릴 수 있을까. 한꺼번에 삼키는 것은 불가능해 보인다. 딸은 이제부터 수첩에는 어른들에게 보여줄 수 있는 것만을 적기로 마음먹는다. 말할 수 없는 것, 보여줄 수 없는 것은 어디에도 쓰지 않을 것이다. **아니, 말로는 할 수 없는 것만을 쓸 것이다. 그들의 언어로는 결코 닿을 수 없으며 그들의 사고로는 이해할 수 없는 모든 것. 그러니, 나의 모든 것을 쓸 것이다. 나는 그들의 언어가 아닌 언어로 쓰고 말할 것이다.**"(『진주』, 96~97쪽. 강조는 인용자)

사후적으로 재구성된 유년의 장면이겠지만, 굵은 글씨로 강조한 문장들은 아버지를 통해 기성의 제도와 권력이 이해할 수 없는 언어일 때만 인간의 자유와 존재의 내밀성을 끝까지 지킬 수 있음을 알아버린 아이의 의지를 엿볼 수 있다. 자신의 삶을 아버지와 겹쳐 동일시하고, 어린 그때에는 아버지를 지키지 못하였지만 **'그들의 언어가 아닌 언어'**의 방

식이라면 아버지의 삶을 사라지지 않도록 만들 수 있다. 또 아버지를 기다리며 홀로 삶을 꾸려가야 했던 어머니의 간곡한 눈빛과 저 아름다운 손길, 무용해서 금세 부서질 것 같은, 그래서 녹아 없어질 눈(雪)과 같은 삶을 없는 것으로 만들어서는 안 되는 것이다.

그렇다면 앞서 "알 수 없는 것, 알 수 없다고 여겨지는 것, 그러나 이해할 수 없음에도 읽는 것, 끝까지 그 끈을 놓지 않는 것, (……) 그것은 사랑의 속성이기도 합니다"라는 대목이 다시 환기될 이유는 충분하다. 아무도 기억해주지 않는 이름 없는 연인이라는 이유 때문에 이 장면은 또한 눈처럼 녹아 없어질 슬픈 무엇으로만 남을 수 있다. 그러나 그대로 둘 수는 없다. 함부로 침범당하거나 빼앗기지 않아야 한다. 빼앗기지 않으려면 쉽게 해석할 수 없는 이미지로 구현해야 두고두고 남길 수 있다.

예를 들어 "**검은 새의 날개가 검게 불타고 있다.** 자기 뼈가 부서지는 무서운 소리를 들으며 날아가는 새"(「새벽의 창은 얇은 얼음처럼 투명해서」, 강조는 인용자)와 같은 '검은 새'의 이미지가 등장할 때, 이것을 아버지의 비유적 이미지로만 이해하는 것은 온당치 않지만 완전히 거기에서 자유롭다고도 말할 수는 없다. 또한 "그때였어. 국경선이 거대한 뱀처럼 다가와 나의 목덜미를 휘감은 것은. (……) 그날 이후, 오직 선만이 나와 함께였지. 선은 불타면서, 영원히 불타면서 나를 따라왔어. 나는 이제 지도에 없는 땅을 걷고 있지.

나의 고향은 불타는 날개를 가진 검은 새"(「불새의 춤」, 강조는 인용자)와 같은 구절을 읽으면 활활 불타오른 국경선이 화자의 목덜미를 휘감아버리는 불가해한 이미지가 등장하는데, 이 이미지를 통해 국경선은 어느덧 화자와 하나가 되고, 시적 화자는 어떤 경계와 한계, 구획을 넘어서기 위해 애를 쓰는 사람으로 변모한다.

두 편의 시가 '불타는 날개를 가진 검은 새'로 연결되어 있음을 발견하는 일은 이제 중요하다. 쉽게 해석할 수 없었던 이미지들 안에는 시인이 간직하며 영원히 보존하고 싶었던 기억이 담겨 있음을 알 수 있다. 시인은 그 이미지들 안에서 아버지를 다시 만난다. 거기에서 파생된 다른 시공간의 변주된 이미지를 발굴하여 길을 트고 아버지가 추구했던 가치가 사라지지 않도록 지지한다. 그리하여 이것을 누구도 쉽게 훔쳐갈 수 없도록 몇 겹의 상자 안에 정성을 다하여 담아낸다. 아버지의 부재 앞에서 아무것도 하지 못했던 어린 시절의 무력함을 다시 반복할 수는 없는 것이다. 이처럼 시인은 아버지를(또한 아버지로 대표되는 어떤 아름다움을) 결코 닮지 않는 이미지로 창안하여 먼 미래까지 흘러가도록 힘을 부여하고 자신이 그 매개자가 되어 앞으로 나아가는 일을 수행한다. 이러한 노력을 결코 포기하지 않는 일이 '사랑'일 수 있는 이유가 또한 여기에 있다. 이 사랑에는 무력감을 잘라내고 장혜령 자신의 지금 삶을 지속적으로 창안하는 일이 겹쳐 있다.

5.

문득 그런 생각을 한다. 역사의 궤도 안에서 장혜령은 '원한(怨恨)의 정서'에 사로잡힐 수 있었고, 설사 그렇다 해도 누가 비난할 자격이 있었겠는가. 하지만 시인은 과거의 기억과 오래된 사람, 잊힌 기원을 일종의 '아름다운 이미지'로 계속해서 발굴하고 창안해왔다. 즉 어떤 의미에서 윤리판단과 가치판단, 죄책감과 책임감의 프레임 안에서 작동해야 할 사건을 해석이 쉽지 않은 불가해한 이미지로 자연스럽게 은폐하여 심미적인 욕망의 대상으로 만든 뒤 여기 불러냈다는 것이다. 판단이 아니라 욕망의 대상으로 사건과 존재를 전환시키는 이러한 능력은 놀랍다.

"은폐는 텍스트도 에로틱하게 만든다. 아우구스티누스는 신이 은유를 통해, "비유의 외투"를 통해 성서의 의미를 의도적으로 모호하게 만듦으로써 성서를 욕망의 대상으로 만들었다고 말한다. (……) 은폐의 기술은 텍스트의 즐거움을 최대화하고, 독서를 사랑의 행위로 만든다"(한병철, 『아름다움의 구원』, 문학과지성사, 2016, 49쪽)와 같은 문장을 함께 읽어보는 것은 그래서 의미가 있다. 장혜령은 은폐와 비유, 이미지를 통해 과거를 에로틱한 것으로 만들고 자신의 글쓰기를 사랑의 행위로 완성한다. 만약에 장혜령이 과거의 사건을 사실적으로 기록했다면 어땠을까. 그것은 분명 그 자체로 중요한 기록의 의미가 있었을 테지만 적어도 예술적 관점에서라면 윤리와 가치판단의 영역에 갇혀 납작해졌을 수 있다. 그 납작한 에너지는 시인을 지금 이곳의 현실에서 살게 하는 데에는 부족했을지도 모른다. 장혜령의 시적 화자는 정치적 인간이라기보다는 예술적 인간이다. 아름다움에 대한 지속적인 이끌림은 원한이 악순환되는 고리를 끊고, 욕망하는 인간으로 현실세계에 그를 붙들어 살게 한 중요한 근원으로 작동한 것 같다.

그런데 아름다움에 대한 끌림, 즉 심미주의가 사적 영역의 자기 충족에만 그치는 것은 아니다. 말의 바른 의미에서의 정치적 행위가 개인의 특수이익을 포기하며 공공성을 확대한다면 예술적 행위는 개인의 특수성을 포기하지 않으면서 사적 영역에만 남아 있던 어떤 것을 공적 영역에 기입하려는 시도이다.[1] 장혜령은 개인을 포기하는 정치적 행동주의 대신 개별적이며 특수한 것들의 고유성을 확보하면서 예술적 아름다움을 통해 공공성에 도달하려는 우회로를 추구한다.

나는 터널 속을 달리고 있었다. 나를 뒤쫓는 자는 기차처럼 긴 그림자였다. 철길 한복판에서, 그림자의 두 눈은 나를 따라오고 있었다. 밤새 교정을 보던 원고의 저자가 어느새 나와 함께 도망치고 있었다. "후쿠시마에서 인간

---

1) 문광훈, 『심미주의 선언』, 김영사, 2015, 62~63쪽 참조.

은 기차처럼 긴 심연 모를 그림자다." 그는 다시금 힘주어 말했다.

나는 뒤돌아보았다. 그림자 안팎으로 트리 장식처럼 반짝이는 강이 끝없이 끝없이 흐르고 있었다. 반짝이는 강은 생(生)들이었다. 후쿠시마에서 죽은 무수한 생들. 후쿠시마에서 살아남은 무수한 생들. 무수한 생들이 무한히 손을 맞잡은 실루엣이었다.

그림자 바깥을 떠도는 생들의 윤곽은 또렷했는데, 그림자 안으로 휩쓸리면서 생들은 투명한 녹(綠)빛으로 녹아 흘렀다. "이것이 바로 내재하는 외부다!" 저자는 우리를 쫓는 그림자도 잊은 채 자신의 발견에 감탄했다. '아니야. 이것은 마멸의 환영이야. 이것이 바로 마멸이야.' 나는 그의 말을 교정하려 했다.

그때 나는 마멸이란 단어 속에서 구멍 뚫린 그림자를 보았다. 후쿠시마에서 인간은 오염되어 빛나고, 빛으로 구멍 뚫려 사라지는 그림자였다. '불티같은 그 작은 생명 하나가 오늘밤 이곳까지 흘러들어 나를 찾아 온 거야.' 나는 생각했다.

—「후쿠시마에서 인간은 기차처럼 긴 심연 모를 그림자다」 부분

2011년 후쿠시마 원전 사고는 십 년이 지났지만 여전히 현재 진행형이다. 최근 일본 정부는 사실상 처리 비용이 가장 낮다는 이유로 육지에 저장하였던 원전 방사능 오염수를 희석해 바다로 방류하겠다는 결정을 내려 자국은 물론 주변국 사람들의 생명과 지구 생태계의 근본적인 안전을 위협하고 있다. 인용 시가 독특한 것은 바로 이런 배경을 가진 '후쿠시마 쓰나미'에 관한 글을 검토하면서 시적 화자가 기이하고 섬뜩한, 그러면서도 아름다운 이미지로 상황을 깊숙하게 감각한다는 점 때문이다.

'마멸'이라는 단어가 반복되는 것을 읽으며 마치 '세슘'처럼 그 단어가 사방에 스며들어 있음을 느끼는 순간 어둠 속에서 이상한 공간이 열린다. 부엌이라고 여겼던 공간은 물소리가 뚝뚝 떨어지는 긴 터널이 되고, 트리 장식처럼 반짝이는 이상한 강이 다가오는 것을 본다. "반짝이는 강은 생(生)들이었다. 후쿠시마에서 죽은 무수한 생들. (……) 무수한 생들이 무한히 손을 맞잡은 실루엣이었다. (……) 그림자 바깥을 떠도는 생들의 윤곽은 또렷했는데, 그림자 안으로 휩쓸리면서 생들은 투명한 녹(綠)빛으로 녹아" 흐르고 있었던 것이다. 이 강의 이미지는 그것이 죽은 생명들이라는 점에서 서글픈 것이지만 동시에 한데 모여 투명하게 반짝이며 손을 잡고 있다는 면에서 아름다운 것이기도 하다. 투명한 녹(綠)빛으로 녹아 반짝이는 혼령의 강. 화자가 검토하던 원고의 저자는 이 사태를 자신의 논리 체계 안에서 지식의 일부로 포획하여 자기애로 함몰되지만 시적 화자는 후쿠시마 원전 사고를 슬프고 아름다운 이미지로 되살려냄으로써 사적 감각의 행위가 공공의 장으로 확장될 계기를 만들어낸다.

이제 언어를 매개로 과거의 존재가 문을 두드리며 지금 여기로 찾아온다. 아니, 시인이 물의 물질적 이미지에 기대어 자신의 몸과 감각을 '시대착오적인 유령'이 출몰할 수 있는 하나의 통로로 제공했다고 할까. 기묘한 이미지를 통해 꿈과 현실이 뒤섞이며, 죽은 자와 산 자가 만난다. 후쿠시마 원전 사고로 죽은 희생자들의 영혼은 장혜령이라는 개인을 통과하여 가치판단의 대상이 아니라 하나의 심미적 이미지로 이곳에 출현한 것이다. 마멸이라는 단어와 함께 우리를 찾아온 이 반짝이는 혼령들의 강은 공동선을 위한 윤리적 판단을 암시적이고 우회적으로, 그러나 묵직하게 강제한다. 이것이 즉각적인 실효성을 발휘하는 정치적 행위는 아니겠지만 우리가 저 이미지를 기억하는 한, 끝내 완전히 해석되지 않는 저 존재들의 웅성거림에 사로잡혀 있는 한, 그리고 그것이 또다른 이미지와 만나 우리 삶에 지속되는 한, 후쿠시마 원전 오염수를 바다로 방류하는 행위를 지지할 리는 결코 없는 것이다. 아름다움의 추구는 윤리를 추동하고 진리를 향한 시도를 고양시킨다. 장혜령의 심미주의는 우리에게 그렇게 말하는 것 같다.

등단 직후 있었던 한 인터뷰에서 장혜령은, 시를 어떻게 쓰게 되었냐는 물음에 이렇게 대답한 적이 있다. "제게 그림을 그리는 삼촌이 하나 있었는데 저에게 뭔가를 보셨는지, 어느 날 무슨 생각이든 메모해둬야 한다는 충고를 하셨어요. 스물다섯이 넘으면 기억이 하나도 나지 않는다는 거짓말 같은 얘기와 함께요. (……) 집에 돌아와서는 연습장 한 권을 샀어요. 그때부터 '지금'이란 시간이 흘러간다는 사실을 잊지 않기 위해 무언가를 적어나갔고 (시를 거의 읽어본 적이 없었는데) 이상하게도 그것이 자연히 시가 되었어요." 지금은 흘러가고 우리는 언젠가 모두 잊힌다. 그럼에도 끝내 아름다움을 포기하지 못하는 사람은 글을 쓴다. 시라고는 생각해본 적이 없는 글을 적다가 자연스럽게 시를 만나기도 한다. 장혜령에게는 그것이 아버지의 흔적이 드리운 덧없고 아름다운 이미지의 창안이었다.

이제 장혜령은 '답설무흔(踏雪無痕)', 즉 앞서 찍힌 희미한 발자국에 자신의 발자국을 잇대어 길을 내려고 한다. 원래 '답설무흔'은 무협소설에 나오는 경공술의 일종으로, 눈 위에 발자국을 남기지 않듯이 발이 땅에 닿지 않은 채로 공중을 날아가는 기예를 가리키는 말이지만 장혜령에게는 자신의 존재론이자 예술론을 비유적으로 암시하는 말이 된다. "눈이 다 녹기 전에 나는 이 길을 걸어가야만 한다. 당신 발자국에 내 발자국을 포개며 걸었다. 당신은 없고 당신은 보이지 않고 오직 이것만이 길이라는 듯"(「새벽의 창은 얇은 얼음처럼 투명해서 1」)과 같은 문장은 그래서 처연하고 한없이 애틋하다. 눈 위에 찍힌 발자국은 쉽게 녹아버릴 테지만 이 무용하고 허무한 걸음이 아니라면 무엇이 당신과 나를 잇고, 무엇이 사랑을 가능케 할까. 당신 발자국에 내 발자국을 겹치며, 우리는 그렇게 장혜령의 시를 읽고 빛을 향해 천천히 걸어간다.

장혜령 1984년 서울에서 출생했다. 한국예술종합학교에서 영화 연출을 공부했다. 2017년 『문학동네』를 통해 등단했다. 산문집 『사랑의 잔상들』과 소설 『진주』를 펴냈다. 앞으로도 특정 장르에 속하기보다 새로운 공간을 개척하는 글을 쓰고자 한다.

문학동네시인선 156
발이 없는 나의 여인은 노래한다

1판 1쇄 2021년 7월 1일
1판 4쇄 2023년 6월 5일

지은이 | 장혜령
책임편집 | 강윤정
편집 | 이재현 김영수
디자인 | 수류산방(樹流山房) 본문 디자인 | 유현아
저작권 | 박지영 형소진 최은진 오서영
마케팅 | 정민호 김도윤 한민아 이민경 안남영 김수현 왕지경 황승현 김혜원 김하연
브랜딩 | 함유지 함근아 고보미 박민재 김희숙 정승민 배진성
제작 | 강신은 김동욱 임현식
제작처 | 영신사

펴낸곳 | (주)문학동네
펴낸이 | 김소영
출판등록 | 1993년 10월 22일 제2003-000045호
주소 | 10881 경기도 파주시 회동길 210
전자우편 | editor@munhak.com
대표전화 | 031) 955-8888 팩스 | 031) 955-8855
문의전화 | 031) 955-3576(마케팅), 031) 955-2678(편집)
문학동네카페 | http://cafe.naver.com/mhdn
인스타그램 | @munhakdongne 트위터 | @munhakdongne
북클럽문학동네 | http://bookclubmunhak.com

ISBN 978-89-546-8061-5 03810

* 이 책은 서울문화재단 2020년 첫책 발간 지원사업의 지원을 받아 발간되었습니다.

잘못된 책은 구입하신 서점에서 교환해드립니다.
기타 교환 문의: 031) 955-2661, 3580

www.munhak.com
문학동네